U0011023

木偶奇遇記
LE AVVENTURE DI PINOCCHIO

卡洛・柯洛迪 Carlo Collodi ————著

孔蘇菲————圖 朱浩一————譯

LE AVVENTURE
DI PINOCCHIO

木偶奇遇記　　　　　　　　　　　　　　　　陳安儀

　　小學的時候，在父親訂的「世界兒童文學全集」中，就讀過《木偶奇遇記》「幾乎」完整的全譯版本。我非常、非常喜歡這個故事，以至於後來看到迪士尼的改寫版本之後，一直無法接受迪士尼版的皮諾丘：不但造型完全不是原書裡的模樣，所有幽默與經典的對話，也都蕩然無存。少年時的我，深深感受到，原來少掉了細節的《木偶奇遇記》，只剩下了「充滿教育意義的大道理」，根本沒有辦法展現整個故事的精髓。

　　在全譯本中，有許多非常幽默的對話與劇情，讓這個故事充滿了比喻與嘲諷。

　　比方說，那個聽完皮諾丘被騙的故事，大受感動卻把他抓去關的烏龍法官；聽到他不是好人、是個壞人才能把他放走的獄卒；還有那個看病之後廢話連篇的烏鴉、擋在路上後來活活笑死的大蛇、跟看門狗打商量偷雞的黃鼠狼……小時候看這個故事，只是單純覺得很荒謬、很好笑，長大後才明白，我們的社會裡，還真的有不少這樣令人匪夷所思的事情。

　　此外，《木偶奇遇記》中的每一個角色，作者都花了許多筆墨加以描寫，因此個性鮮明、生動。比方說，慈愛大方卻又容易感動流淚的玉米糊爺爺，可以跟櫻桃爺爺一言不合就打起架來；但是當他被皮諾丘亂說話害得入獄、甚至為了皮諾丘賣掉外套去買書時，卻一次又一次地原諒皮諾丘。儘管皮諾丘離家出走害得他到處尋找，甚至差一點丟掉了小命，然而玉米糊爺爺正如同所有天下父母心，總是願意為皮諾丘付出一切，包括他的早餐、他的外套、他的家，甚至不惜付出生命……

此外，總是在小木偶發生困難時出手救援的藍髮仙女，形象上雖是個小女孩，卻扮演著慈母的角色。她雖然總是能看清小木偶的謊言，卻從不說破，只是默默守護，以最大的愛心與耐心，等待皮諾丘長大、成熟，從挫折中吸取教訓。

還有就是在書中以靈魂形式出現的蟋蟀，即便是不小心被皮諾丘打死了，他卻彷彿是小木偶的「良心」，總是在小木偶猶豫不決、或是利益薰心時跳出來，苦口婆心地諄諄教誨。雖然小木偶往往沒有採納他的建言，但是他的話，卻句句都是金玉良言。

作者描寫反派、滿口仁義道德、一搭一唱的狐狸與貓，更是活脫脫的社會縮影。他們倆，在書中總是和皮諾丘的良心拉鋸，吸引著皮諾丘一步步踏入陷阱，代表的就是一個人長大成熟前，一定要面對的虛偽與誘惑。每個人都有皮諾丘想要種金幣、得到更多金幣的貪心時刻，以及只想享受，不想盡義務的任性想法，如果不在慾望或是墮落中真正地跌過一跤，又有誰能真正領悟，真正長大？

其實，皮諾丘就是一個孩子長大成人的寫照。在成長的過程中，他必須通過一次又一次的試煉，遇到利用他的農夫、看笑話的鳥兒、救他的大狗，或是看到沒那麼幸運逃過一劫的小燈芯在他眼前死去……然而，只要有人永遠愛他、等待他歸來，他就會平安地長大，蛻變成一個真正勇敢、負責任、有愛心的「人」。

皮諾丘就是一個孩子，一直存在我們每一個人的心中。這就是《木偶奇遇記》真正的珍貴之處啊！

CONTENTS

CONTENTS

1

很久很久以前，有一個⋯⋯

「國王！」我的小讀者們馬上接話。

孩子，你們猜錯了。很久很久以前，有一塊木頭。這塊木頭看起來平凡無奇，跟柴堆裡的其他木頭沒什麼差別，就是那種你會把它放進壁爐裡，讓房裡變溫暖的那種木柴。

我不清楚事情是怎麼發生的。那天天氣晴朗，這塊木頭就這麼出現在老木匠的工作坊裡。雖然這位師傅本名是安東尼奧，但大家都叫他「櫻桃師傅」，因為他的鼻頭又紅又圓又亮，像顆熟透的櫻桃。

看見這塊木頭時，櫻桃師傅很高興。他心滿意足地搓了搓手，喃喃自語地說：「這塊木頭來得太巧了，剛好可以拿來做桌腳。」

櫻桃師傅拿出一把銳利的斧頭，準備開始削木頭。正要劈下去，手臂突然停在半空中，因為他聽見有人用細微但尖銳的聲音哀求說：「不要太大力喔！」

老櫻桃師傅非常驚訝，不知所措地左右張望，想找出這個小小的聲音到底是從哪兒蹦出來的，可是周遭卻一個人也沒有！他低頭看了看工作檯底下——沒人。他打開總是關得緊緊的櫥櫃——沒人。他看了看裝著碎木屑的籃子——沒人啊。他甚至打開工作坊的門往街上看——還是沒人啊。到底是怎麼回事呢？

　　「我知道了，」他抓抓假髮笑了起來：「那個聲音一定是我自己想像出來的，該回去工作啦。」

　　於是他又拿起斧頭，重重地劈了一下。

　　「唉唷！好痛喔！」剛剛那個微弱的聲音痛苦地大叫。

　　櫻桃師傅嚇傻了，害怕得兩眼外凸，嘴巴大張，舌頭吐了出來，表情就跟雕刻在噴泉上的那些鬼臉一樣。好不容易回神，他害怕得用發抖的聲音結結巴巴地說：「聲音到底是從哪裡傳出來的？這裡根本沒有其他人啊。難道是這塊木頭像個小男孩一樣哭哭啼啼？我不信。這塊木頭不過是平凡無奇的木柴，丟進火裡，還可以用來煮一鍋豆子。到底是怎麼回事呢？難道是有人躲在木頭裡？如果真是如此，那他就倒楣了，我會讓他瞧瞧誰才是老大！」

　　櫻桃師傅邊說邊抓住那塊木頭，毫不留情地朝牆壁甩過去，還拋到天花板上。

　　接著他豎起耳朵，看看還會不會聽見抱怨聲。他等了兩分鐘，什麼聲音也沒聽見；五分鐘，還是沒有；十分鐘，一樣悄然無聲！

「啊，我知道了！」他勉強露出笑容，用力抓了抓頭髮，說：「鐵定是我自己想像出來的，該回去工作啦。」

　　可憐的櫻桃師傅心裡其實非常害怕，開始哼歌壯膽。他把斧頭放在一邊，拿起刨刀，想把木頭刨得光滑平整，可是在來來回回刨著木頭時，又聽見同樣的聲音邊咯咯笑邊說：「快住手啦！你把我的肚子搔得好癢喔！」

　　這一次，可憐的櫻桃師傅就像被雷打到一樣倒了下去。再次睜開眼睛時，發現自己坐在地板上。

　　他的臉色發青，連總是紅通通的鼻子也嚇得變成藍紫色。

2

此時，突然傳來敲門聲。

「進來。」老木匠安東尼奧說，他被嚇得全身發軟，站都站不起來。

一個活力充沛的老人走了進來。他叫做傑佩托，不過附近的孩子想惹他生氣時，都會叫他「老玉米糊」，因為他頭上那頂黃色的假髮看起來就像是一坨玉米糊。

傑佩托的脾氣很壞，誰敢叫他玉米糊就會倒大楣，因為他會立刻搖身一變，成為失控的野獸。

「早安，安東尼奧師傅，」傑佩托說：「你坐在地板上做什麼啊？」

「我在教螞蟻數數啊。」

「唷，真厲害！」

「什麼風把你吹到這裡來的，傑佩托，我的老朋友？」

「不是風，是腳帶我過來的。安東尼奧師傅，我是來請你幫忙的。」

「隨時任你差遣。」老木匠邊回答邊挺起身子。

「今天早上，我突然有了一個好點子。」

「說來聽聽。」

「我想做個很棒的木偶，我是指真的很厲害的那種，會跳舞、擊劍，還可以在空中翻觔斗。我打算帶他一起去環遊世界，幫自己賺些麵包填飽肚子，也賺些紅酒喝。你覺得這個主意如何？」

「真是個好主意啊，玉米糊！」那個微弱的聲音喊著。

聽到有人叫自己玉米糊，傑佩托氣得臉色漲紅，紅得像辣椒。他生氣地朝木匠嚷著：「為什麼要羞辱我？」

「誰羞辱你啦？」

「你剛剛叫我玉米糊！」

「剛剛那句話不是我說的。」

「喔，我猜你是指剛剛那句話是我自己說的囉？明明就是你說的。」

「我沒說。」

「你有說。」

「我沒說！」

「你有說！」

兩人越說越生氣，接著動手打了起來。他們用手抓對方，還用拳頭攻擊對方。

打完架後，安東尼奧師傅發現自己的手裡拿著傑佩托那頂

黃色的假髮，而傑佩托則意識到木匠那頂灰色的假髮在自己的嘴裡。

「把我的假髮還給我！」安東尼奧師傅大吼。

「那你也把我的還我，我們就扯平了。」

把假髮還給對方以後，這兩個老人握手言和，發誓這輩子都要當好朋友。

「那麼，親愛的傑佩托師傅，」為了求和，木匠主動說：「你想要我幫你什麼忙啊？」

「我想跟你要一小塊木頭來做木偶，可以嗎？」

安東尼奧師傅走到工作檯旁，拿起那塊把他嚇得半死的木頭。就在他要把那塊木頭交給朋友時，木頭晃了一下，從手裡滑了出來，砸到可憐的傑佩托乾瘦的小腿上。

「噢！原來你的禮物是這樣送人的啊？你差點就打斷我的腿了！」

「我發誓不是我做的！」

「那我猜是我自己弄的嘍！」

「打你的是這塊木頭。」

「我知道是木頭打到我，但把木頭朝我的腿丟過來的人是你吧！」

「我才沒有丟咧！」

「你說謊！」

「傑佩托，不許你羞辱我，否則我就要叫你『玉米糊』

嘍！」

「蠢豬！」

「玉米糊！」

「笨驢！」

「玉米糊！」

「醜猴子！」

「玉米糊！」

聽到木匠叫自己三次玉米糊，傑佩托氣炸了，往木匠撲過去，兩人又抓又咬，打成一團。

打完架以後，安東尼奧師傅的鼻子上多了兩道抓傷，傑佩托背心上的鈕釦則少了兩顆。這場架打得平分秋色，因此他們又握手言和，發誓永遠都要做好朋友。

最後，傑佩托拿起那塊漂亮的木頭，謝過安東尼奧師傅後，一拐一拐地走回家。

3

....

　　傑佩托住在樓梯下方一個很小的房間裡。裡面有扇小窗戶，
家具再簡單不過：一把老舊的椅子、一張搖晃的床，還有一張快
要解體的桌子。牆壁上有座生著火的壁爐，但火焰其實是畫上去
的，火的上面還畫了一只滾開了的茶壺，茶壺歡欣雀躍地跳啊跳
的，冒出來的蒸氣就跟真的一樣。

　　一回到家，傑佩托立刻拿出工具，準備製作木偶。

　　「該幫他取個什麼名字呢？」他自言自語：「就叫皮諾丘好
了。這個名字會帶給他好運。我以前認識一個家庭，全家都叫皮
諾丘，父親叫皮諾丘，母親叫皮諾丘，孩子們則全都叫皮諾丘，
他們的日子都過得好極了，最有錢的那個靠乞討就可過日子。」

　　幫小木偶取好名字以後，他開始專心地工作。先完成頭髮，
接著是額頭，然後是雙眼。

　　雙眼剛雕刻好，就看見兩隻眼睛開始動來動去，直直地盯著
他。想像一下，傑佩托有多麼吃驚。

　　傑佩托不喜歡那雙眼睛瞪著他看，生氣地說：「討厭的木

21

頭，幹嘛瞪著我？」

沒有任何回答。

眼睛刻好以後，接著刻鼻子。鼻子才剛刻好，就開始變長。鼻子變得越來越長，越來越長。不到幾分鐘，小木偶的鼻子已經長到幾乎看不見鼻尖了。

可憐的傑佩托想把鼻子弄短，但是每砍下一截，不聽話的鼻子卻只會變得更長。

刻好鼻子以後，他開始刻小木偶的嘴巴。

嘴巴都還沒完成，小木偶就開始大笑，嘲弄他。

「別笑了！」傑佩托生氣地說，卻像對牛彈琴一樣完全沒用。

「我說不准笑了！」他凶巴巴地大叫。

那張嘴不笑了，卻吐出了長長的舌頭。

因為不想把作品弄壞，傑佩托假裝沒有看見，繼續工作。

嘴巴完成以後，他繼續刻好下巴、脖子、肩膀、軀幹、手臂，還有手掌。

手掌刻好的瞬間，他感覺頭頂的假髮被人給拿走。猜猜看他抬起頭時看到什麼？他看見自己的黃色假髮在小木偶的手中。

「皮諾丘！立刻把假髮還給我！」

皮諾丘不但沒有把假髮還他，還戴在自己的頭上。假髮罩住了小木偶的半顆頭。

傑佩托這輩子從來沒有被別人這麼無禮的嘲諷，他既傷心又

難過，轉頭向皮諾丘說：「真是個小壞蛋！還沒把你做好，就開始不聽爸爸的話了。真是不乖啊，兒子，你太不乖了！」

他擦了擦眼淚。

還有雙腿跟腳掌要做。

傑佩托才剛做好腳，鼻子就被踢了一下。

「算我活該！」他自言自語說：「早該料到他會這麼做的，現在才想到已經太遲了！」

他把小木偶抱起來，放在地板上，看他能不能走路。

皮諾丘覺得兩腿硬邦邦的，不知道要怎麼移動，傑佩托只好牽著他的手，教他怎麼把一隻腳擺到另一腳的前面。

雙腳的接合處稍微鬆一些以後，皮諾丘就開始自己走路，在房子裡跑來跑去，最後索性穿過半掩的門到街上，一溜煙跑掉了。

可憐的傑佩托追在後頭，卻怎麼也追不上跟兔子一樣蹦蹦跳跳的小木偶。小木偶的兩隻腳跑起來會發出響亮的喀噠喀噠聲，跟二十雙農夫穿的木鞋一起走動的聲音一樣吵鬧。

「抓住他！抓住他！」傑佩托大叫。街上的人們一看到跑得跟賽馬一樣快的小木偶，都開心地停下腳步笑個不停，不敢相信世界上居然有這麼有趣的事情。

還好碰巧有警察出現，他聽見了喀噠喀噠的聲響，以為是誰家的小馬逃走了，勇敢而直挺挺地站在馬路中間，決定擋住那匹馬，不讓他再惹麻煩。

看到警察擋住眼前的路，皮諾丘決定出奇招，打算直接衝過警察的兩腿之間，可是計畫失敗了。

警察抓住了他的鼻子（那個鼻子非常長，彷彿是專門設計給警察抓的），把他交還給傑佩托。傑佩托本來打算要拉皮諾丘的耳朵，教他以後不准這麼調皮，卻找不到皮諾丘的耳朵。你們應該可以想像他有多麼驚訝吧。你們知道為什麼他找不到小木偶的耳朵嗎？因為他做得太急，忘了刻耳朵。

他抓住皮諾丘的脖子，準備把他帶回家。傑佩托搖搖頭，惡狠狠地說：「我們要回去了，回到家再看我怎麼教訓你。」

皮諾丘一屁股坐到地上，一步也不肯繼續走。同時，一群好管閒事跟沒事可做的人開始圍觀起來。

他們七嘴八舌地開始發表意見。

「這個木偶真可憐！」有些人這麼說。「想想看，傑佩托會把他打得多慘啊！難怪他不想回家！」

其他人不懷好意地跟著說：「那個傑佩托雖然看起來是個好人，但其實他對小男孩很壞！如果這個可憐的木偶就這樣讓他帶回家，八成會被他砸成碎片！」

總而言之，因為群情激憤，警察決定放走皮諾丘，把可憐的傑佩托關進大牢裡。眼看著說什麼也沒用，傑佩托只好像隻小動物一樣嗚嗚地哭著。往牢房的方向走時，傑佩托邊啜泣邊說：「你這個壞孩子！想想看，我費了多大的工夫才做出這麼一個木偶！不過是我活該，早該料到會發生這種事！」

接下來還會發生一連串令人難以置信的稀奇古怪的事，繼續看下去就知道了。

4

....

　　當可憐又無辜的傑佩托被帶往監獄時，被警察放走的小壞蛋皮諾丘飛快地跑過田野，拚了命地往家的方向跑。他向前狂奔，跳過高高的土堤、有刺的灌木叢，還有積滿水的溝渠，有如一隻逃離獵人的山羊或野兔。回到家時，前門半掩著。他推開門走進去。閂上門以後，一屁股坐在地上，放鬆地吐了一口氣。

　　但悠閒的心情沒維持多久，因為他聽見房裡有人在說：「嘰，嘰，嘰！」

　　「誰在說話？」皮諾丘慌張地問。

　　「是我！」

　　皮諾丘一轉身，看到一隻好大的蟋蟀在牆上緩緩地移動。

　　「蟋蟀啊蟋蟀，你是誰呢？」

　　「我是說話蟋蟀，已經在這房裡住一百多年了。」

　　「可是這房間現在是我的了，」小木偶說：「我希望你能幫我一個忙，立刻離開這裡，連頭都不許回。」

　　「好，但是在我走之前，要先告訴你一個偉大的真理。」蟋

27

蟀回答說。

「快說吧。」

「那些不聽父母的話，又離家出走的小男孩要倒大楣了！他們永遠都不會變成這個世界上有用的人，而且早晚會為自己的錯誤行為深感後悔。」

「親愛的蟋蟀先生，你高興講多久隨你便。明天太陽一出來我就要走了，因為如果繼續留在這裡，我就會跟其他孩子有同樣的遭遇：被送進學校，不管喜歡不喜歡都得念書。我跟你說個小祕密，我才不想念書呢，一點也不想。我比較想在野外追蝴蝶、爬樹和抓小鳥。」

「你這個可憐的傻瓜！難道你不知道，如果不念書的話，長大以後會變成一頭遭所有人嘲笑的大笨驢嗎？」

「你這隻一無是處的蟋蟀給我閉嘴！」皮諾丘大叫。雖然皮諾丘很沒禮貌，但有耐心又有智慧的蟋蟀一點也不生氣，用同樣的語氣繼續勸他。

「如果不喜歡上學的話，有沒有考慮要去學點什麼，好賺點正正當當的錢養活自己？」

「你想不想知道一件事？」開始覺得不耐煩的皮諾丘回答說：「天底下能做的事情這麼多，但我真正想做的只有一種。」

「你想做什麼呢？」

「我只想吃喝、睡覺、玩耍。從太陽初升的那一刻開始，我想去哪兒玩就去哪兒玩，直到太陽下山為止。」

「我跟你說，」說話蟋蟀語氣平靜地說：「成天做那種事情的人到最後不是住進救濟院，就是被關進監獄裡。」

「說話小心點，你這隻一無是處的蟋蟀！要是惹火我，你就完蛋了！」

「可憐的皮諾丘！我真替你難過！」

「你幹嘛替我難過？」

「因為你是個木偶，而且更慘的是，你還笨得無可救藥。」

聽了這些話，皮諾丘氣得跳了起來，伸手拿起工作檯上的木槌用力往說話蟋蟀身上丟過去。

或許他本來沒打算要傷害蟋蟀，不幸的是，那把木槌不偏不倚地扔到了蟋蟀的頭上。可憐的蟋蟀嘰嘰嘰地大叫了幾聲之後，立刻喪命，死在牆上。

5

天色漸漸變暗，一整天都沒吃東西的皮諾丘肚子開始咕嚕咕
嚕叫，覺得自己有點餓。

小男生向來餓得快，果然才沒幾分鐘，皮諾丘就覺得好餓好
餓，餓得前胸貼後背，餓得可以吃下一頭牛。

可憐的皮諾丘趕緊走向那個在火上煮得沸騰的大鍋子，想打
開鍋蓋看看裡頭有什麼東西可以吃，沒想到鍋子只是牆上的一幅
畫。

想像一下他有多難過。那個本來就已經很長的鼻子還因此又
變長至少十公分。

他開始在房裡四處亂跑，翻找每一個抽屜、角落跟縫隙，希
望可以找到一小塊麵包，哪怕是走味的麵包、麵包屑、小狗吃剩
的骨頭、發霉的玉米糊、魚骨頭、櫻桃核，只要可以讓他丟進嘴
裡咬的就好。但他什麼也沒找到，連個食物的影子也沒看見，空
無一物。

可憐的皮諾丘飢餓感越來越強，但是除了打哈欠以外什麼也

做不了。他打的哈欠大得嚇人，嘴巴大到快碰到耳朵的位置。打完哈欠以後，他吐了吐口水，皮諾丘覺得那口水彷彿是從胃裡吐出來的一樣。

所有的希望都破滅以後，他哭著說：「說話蟋蟀講得沒錯，我不應該和爸爸作對，還從家裡跑出去。要是爸爸在的話，我就用不著猛打哈欠了！唉，肚子餓真是好可怕啊！」

屋裡有一堆之前掃地時沒有清掉的垃圾。他突然看見那堆垃圾的上面有一個又白又圓的東西，看起來很像雞蛋。他伸手去拿，果然是一顆雞蛋。

很難形容此時小木偶是多麼的開心。他很擔心自己是在作夢，因此不停地將雞蛋在手中轉啊轉的，碰碰它，親親它。在親雞蛋的同時，他說：「該怎麼吃這顆蛋呢？我知道，我要來做個蛋包！不，還是煎荷包蛋好了。水波蛋會不會更好吃？還是水煮蛋呢？不，最快的方法是煎荷包蛋，我餓得沒辦法再多等一秒鐘了！」

一點時間也不浪費，他立刻把平底鍋放在裝滿木炭的火盆上。他沒放油，而是在鍋裡裝一些水。水開始冒出蒸氣時，他就「喀啦」一聲把蛋殼敲破，將裡面的東西倒進平底鍋裡。

可是倒出來的東西卻不是蛋白跟蛋黃，而是一隻歡欣雀躍又溫文有禮的小雞。小雞深深地對他鞠躬，說：「萬分感謝您，皮諾丘先生，謝謝您省去了我自己啄破蛋殼的麻煩！再會，珍重，也祝您闔家安康。」

說完以後，小雞拍拍翅膀，從敞開的窗戶飛了出去，消失在視線之中。

可憐的小木偶彷彿被施了魔法般呆呆地站著，雙眼圓睜，嘴巴大張，兩手各拿著半邊的蛋殼。震驚的情緒慢慢平復以後，他絕望地又哭又叫，猛跺地板。他邊哭邊說：「會說話的蟋蟀果然沒說錯！要是我沒有跑出家門，要是爸爸人在這裡，我就不會像現在一樣餓得半死了！唉，餓肚子真的好難受喔！」

肚子越叫越大聲，皮諾丘不知道怎麼讓肚子安靜下來，決定到鄰近的村落去看看，希望能找到好心人分他一點麵包吃。

6

....

　　那天晚上的天氣十分糟糕，雷聲隆隆，閃電劃破夜空，彷彿整片天空都要燃燒起來。一股猛烈的冷風在耳邊呼嘯而過，掀起漫天沙塵，樹木在風中不停發出吱嘎怪響。

　　皮諾丘很怕雷聲和閃電，但他已經餓得不知道什麼叫害怕。他全速衝出門外，狂奔到街上。他猛喘著氣，舌頭像獵狗一樣吐了出來。

　　村子裡一片黑暗，毫無聲息。商店都已打烊，家家戶戶都關起了門窗。街上連一隻狗都看不見，猶如一座死城。

　　絕望和飢餓將皮諾丘逼得走投無路，情急之下只好隨便找了一戶人家，拚命按著門鈴，同時自言自語：「這樣做的話一定會有人來應門。」

　　果然，一個頭戴睡帽的矮小老人現身，憤怒地從窗戶大叫：「現在都幾點了，你想幹嘛？」

　　「可以請你大發慈悲，給我一點麵包吃嗎？」

　　「別走開，我馬上回來。」矮小的老人回答。老人心想，皮

諾丘一定是小混混，到處找像樣的人家亂按門鈴，吵得別人晚上睡不好覺。

過了一、兩分鐘，同一扇窗戶又打開，矮小的老人大聲喊著：「站到窗子底下，用帽子接好嘍。」

皮諾丘脫下破破爛爛的帽子往前一伸，沒想到卻被一盆水從頭到腳淋得溼答答地，彷彿把他當成快要枯萎的天竺葵。

他像隻落湯雞走回家。又累又餓，渾身無力，連站的力氣都沒有。他坐了下來，把溼淋淋又沾滿泥巴的雙腳放在裝滿著燒紅煤炭的火盆上。

皮諾丘很快就睡著了。睡著睡著，兩隻木頭做的腳慢慢地被炭火燒成了灰燼。

皮諾丘呼呼大睡，一點也不知道發生了什麼事，彷彿那是別人的腳似的。一直睡到天亮，才被敲門聲吵醒。

「誰啊？」他邊打哈欠邊搓揉雙手。

「是我啊！」有人回答。

是傑佩托的聲音。

7

可憐的皮諾丘半夢半醒，還沒注意到自己的雙腳已經被燒個精光，一聽到父親的聲音，馬上從凳子上起身想去開門，卻搖搖晃晃的，摔倒在地上。

撞到地板時，他發出像一疊木頭從高樓掉下來的聲響。

傑佩托在門外大叫：「開門啊！」

「我沒辦法開門啊，爸爸。」小木偶絕望地哭喊著，在地上滾來滾去。

「為什麼沒辦法開門？」

「因為我的腳被吃掉了！」

「誰吃的？」

「是一隻貓。」皮諾丘說，因為他看見眼前有隻貓正在用前腳拍打木屑。

「我叫你把門打開！」傑佩托又說了一遍。「不然等我進去，看我會不會把你大卸八塊！」

「是真的，我站不起來。噢，我好可憐，好可憐啊！我這輩

子都只能靠膝蓋走路了！」

傑佩托以為皮諾丘說的這些話不過又是另一個把戲，決定好好教訓他一頓。他翻過牆，從窗戶爬了進去。

氣憤的傑佩托本來已經準備好要好好修理他，但一看到失去雙腳的皮諾丘倒在地板上的模樣，氣全消了。他把皮諾丘摟在懷裡，開始親他、撫摸他，嘴裡喃喃說著各種溫柔的話語安慰自己的小木偶。他抽抽搭搭地哭了起來，眼淚滑下雙頰。他說：「我的寶貝皮諾丘！你是怎麼把自己的腳燒掉的？」

「我也不知道啊，爸爸。我只記得昨天晚上有多可怕，一輩子也忘不了。外面又是雷聲又是閃電，我好餓，然後說話蟋蟀又對我說：『活該，誰叫你這麼壞，報應來了吧！』於是我回答他：『說話小心點，蟋蟀！』接著他說：『你這個木偶笨得無可救藥。』我拿木槌丟他，他就死掉了。但是，那是他不好，我本來沒打算要殺他，證據就是我把一個小平底鍋放在裝滿燒紅煤炭的火盆上，可是一隻小雞飛了出去，嘴裡還說：『再會，祝您闔家安康。』我越來越餓，那個戴著睡帽的矮小老頭才會從窗裡探出頭來說：『站到窗子底下，用帽子接好嘍，』一盆水就這麼淋到了我的頭上，可是跟別人要點麵包又不是什麼壞事，對不對？我回家後還是好餓，就把兩腳放在火盆上烤乾，等你回到家，卻發現雙腳都燒掉了。現在我還是好餓，還失去了雙腳！哇，哇，哇，哇！」

可憐的皮諾丘開始大哭，聲音大到五公里以外的人都聽得

見。

聽了這麼一大堆顛三倒四的話，傑佩托只弄懂了一件事：皮諾丘快餓死了。於是他從口袋裡拿出三顆梨子給皮諾丘，說：「這三顆梨子本來是我的早餐，先給你吃。快吃吧，希望你吃完以後會舒服一些。」

「如果要給我吃，先幫我把皮削掉。」

「先幫你削皮？」傑佩托不敢置信地說。「孩子啊，沒想到你對吃這麼挑剔又講究。這樣不好！在這個世界上，就算是小孩子，也要養成不挑食又珍惜食物的好習慣，因為我們永遠也不知道下一秒會發生什麼事，任何事情都有可能會發生。」

「雖然你說得沒錯，」皮諾丘回嘴說：「但我絕不吃沒削皮的水果。我不喜歡果皮的味道。」

善良的傑佩托只好拿出一把刀子，非常有耐心地把三顆梨子的皮削掉，將果皮都集中在桌子的角落。

皮諾丘兩口就吃掉了一顆梨子。正當他準備把果核丟掉時，傑佩托抓住他的手臂說：「別丟，活在這世上，你永遠也不會知道某樣東西之後是不是還會派上用場。」

「可是我一定不會吃果核啊！」小木偶大叫，一臉嫌惡的樣子。

「誰知道呢？任何事情都有可能發生。」傑佩托平靜地又說了一遍。

因此，三個果核沒有被丟到窗外，而是放到桌子的角落，跟

果皮擺在一起。

　　在吃完，不，應該說吞掉三顆梨子後，皮諾丘打了一個哈欠，嘀嘀咕咕地說：「我還是好餓喔！」

　　「可是孩子，我沒有其他東西給你吃了。」

　　「什麼都沒有了嗎？」

　　「只剩下那些果皮跟果核了。」

　　「喔，好吧，」皮諾丘說：「那我吃一點果皮好了。」

　　他開始吃果皮。一開始有些嫌棄，但很快就把所有的果皮都吃光。吃完果皮以後，他把果核也吃了。三顆梨子完完整整地一掃而空以後，他心滿意足地拍了拍肚子，開心地說：「現在舒服多了！」

　　「你瞧，」傑佩托說：「我說得沒錯吧，人對食物不應該太挑剔。親愛的孩子啊，我們永遠也不知道下一秒鐘會發生什麼事。任何事情都有可能發生……」

8

....

　　肚子才剛填飽，小木偶又開始哭鬧，吵著想要一雙新的腳。

　　為了教訓皮諾丘，讓他以後不准再那麼頑皮，傑佩托讓他難
過地哭了好久才說：「我為什麼要再幫你做一雙腳呢？為了親眼
看著你再次逃家嗎？」

　　「我發誓，」小木偶抽抽噎噎地說：「從現在開始，我會做
個好孩子。」

　　「小孩子想要什麼東西的時候，」傑佩托回答說：「都會搬
出這套說詞。」

　　「我答應你會乖乖去上學、用功念書，成為你的驕傲。」

　　「小孩子想要達成心願的時候都是這麼說的。」

　　「可是我跟其他孩子不一樣！我比他們乖，而且從來都不說
謊。爸爸，我答應你，我會去學一技之長，等你老了以後也會好
好照顧你。」

　　傑佩托努力想板起臉孔，但是看著可憐的皮諾丘那副慘兮兮
的模樣，早已熱淚盈眶，心裡滿是疼惜。他沒再多說什麼，拿起

45

工具和兩塊木頭，開始賣力地工作。

不到一個小時，兩隻小腳都做好了。這兩隻腳靈巧、堅固、支撐力強，看起來就像偉大的藝術家雕刻出來的作品。

接著傑佩托對小木偶說：「把眼睛閉上、睡一覺吧！」

皮諾丘閉上眼睛裝睡。傑佩托用先前融在蛋殼裡的一些膠水幫他把腳黏上。由於黏的技術太好，一般人根本看不出接縫。

一發現腳黏好以後，小木偶立刻從桌子跳了下來，雀躍地在屋子裡跳來跳去，因為太開心彷彿發瘋似的。

「為了報答你對我的所有恩惠，」皮諾丘對爸爸說：「我打算立刻就去上學。」

「真是個好孩子。」

「可是要去上學的話，身上總得穿件衣服。」

貧窮的傑佩托口袋裡一毛錢也沒有，他用有圖樣的紙張裁了件簡單的衣服，用樹皮做了一雙鞋子，還用麵包屑做了一頂新帽子。

皮諾丘跑到臉盆前照照看，對水中的自己非常滿意，神氣地走來走去，說：「我看起來就像個體面的紳士！」

「沒錯，」傑佩托回答他：「你要記住，不是穿上好看的衣服就是紳士，身上的衣服要乾乾淨淨的才是紳士。」

「喔，對了，」小木偶說：「說到上學，我還需要一樣東西。事實上，這個東西比其他的都還重要。」

「什麼東西啊？」

「我需要一本拼字課本。」

「你說得沒錯，但我們應該上哪兒找呢？」

「很簡單，去書店裡買。」

「不過買書的錢呢？」

「我可沒有。」

「我也沒有。」仁慈的老人難過地回答。

皮諾丘此時也因為沒有錢而跟著難過起來。因為每一個人，就連小孩，也明白沒有錢的話，什麼也做不了。

「別擔心！」傑佩托突然大叫。他跳了起來，穿上那件到處都是補丁的老舊粗布外套出門。

沒多久他回來了，手裡拿著一本要給兒子的拼字課本，但身上的外套不見了。外面正下著雪，而這個可憐的老人身上卻只穿了件薄薄的襯衫。

「爸爸，你的外套呢？」

「賣掉了。」

「為什麼要把外套賣掉？」

「因為穿在身上太熱了。」

皮諾丘立刻就知道是怎麼一回事了。心地其實很善良的他忍不住抱住傑佩托的脖子，朝他的臉親了又親。

9

．．

雪一停，皮諾丘立刻帶著乾乾淨淨的新課本出門上學。一路上，他的小腦袋作著各式各樣的白日夢，而且一個比一個精采。

他自言自語地說：「今天到學校以後，我很快就可以學會認字。明天就可以學會寫字。後天就可以學會算數，然後我會變得很聰明，可以賺很多錢。等賺到第一筆錢，就要買一件上好的羊毛外套給爸爸。不對，我在說什麼啊，『羊毛』？不，這件外套得是用金線跟銀線縫製的，還要配上鑽石鈕釦才行。可憐的老爸爸應該穿一件高貴的衣服。為了買書讓我上學，他還把外套賣掉。天氣這麼冷，只有當爸爸的人才願意如此為孩子犧牲奉獻！」

在說出這些感性話語的同時，似乎聽見遠方傳來笛子吹奏的音樂和大鼓擊打的聲響：叮、叮、叮，咚、咚、咚。

他停下腳步仔細聽。聲音是從另一條岔路的末端傳來，那條路通往海邊的一個小村子。

「怎麼會有音樂呢？可惜我得去上學，不然的話……」

他站在原地，左思右想，不知道該怎麼辦。但他很確定自己得下定決心，要不就是去上學，要不就是去聽人吹笛子。

調皮的小木偶最後聳聳肩說：「今天我先去聽人吹笛子，明天再去上學，上學的機會多的是。」

話一說完，他趕緊往另一條岔路走，沒多久就全速跑了起來。越接近村子，吹笛聲和擊鼓聲越清楚：叮、叮、叮，咚、咚、咚。

他發現自己來到一個廣場的中間，到處都是人，全都擠在一個布滿五顏六色帆布的巨大木亭子旁邊。

皮諾丘轉身問一個住在附近的小男孩說：「這個亭子是要做什麼的啊？」

「海報上有寫，看就知道了。」

「我是很想看懂，可是偏偏我今天還沒去學認字。」

「太厲害了，你真的是個傻瓜！好吧，我念給你聽。聽好啊，海報上那些鮮紅色的字是寫著：偉大的木偶秀。」

「表演開始很久了嗎？」

「才剛開始呢。」

「要多少錢才能進去？」

「二十分。」

萬分好奇的皮諾丘完全控制不了自己，竟然厚著臉皮問那個男孩說：「借我二十分好嗎？明天還你。」

「我是很想借啦，」男孩故意嘲笑他：「可是偏偏今天沒辦

法借你。」

「不然我的外套賣你二十分好了。」小木偶對男孩說。

「我要一件紙做的外套幹嘛？要是下雨淋溼了，這件外套連脫都脫不下來。」

「那你想買我的鞋子嗎？」

「你的鞋子只適合拿來生火。」

「那你覺得我的帽子值多少錢？」

「這可真是筆好生意啊！一頂麵包屑做的帽子耶！搞不好會有一群老鼠跑到我的頭上來把它吃掉！」

皮諾丘心急如焚。他本來打算說自己身上還有最後一樣東西可以賣，卻又開不了口。他左思右想，猶豫不決，心中痛苦萬分。最後，終於開口：「你願意花二十分買我這本新的課本嗎？」

「我只是個小孩，而且我不跟其他小孩買東西。」對方回答皮諾丘，他顯然比小木偶懂事多了。

「我願意花二十分買你的拼字課本。」一個專門回收舊物的人恰巧聽見了他們的談話，對著小木偶大叫。

那本書馬上就賣掉了。想想看，可憐的傑佩托為了買課本給兒子，現在身上只穿了件襯衫，在家裡冷得發抖呢！

10

....

　沒想到，皮諾丘走進木偶戲院時，引起了不小的騷動。

　此時劇幕拉起，演出已經開始。舞台上，丑角哈里肯和胖西涅羅一如往常演出吵架和威脅的戲碼，要甩對方巴掌和動拳頭。

　觀眾們看得目不轉睛。台上的兩個木偶對罵個不停，表演得栩栩如生，彷彿是兩個有腦袋的活人在吵架一樣，逗得觀眾笑得肚子都疼了。

　然而毫無預警的，丑角沒來由地停止表演，轉身指著後排的一位觀眾，誇張地大聲叫出來：「我的天啊！我是醒著，還是在作夢啊？我看得清清楚楚，坐在後頭的那個人，不就是皮諾丘嗎？」

　「的確是皮諾丘耶！」胖西涅羅大叫。

　「真的是他！」從後台探出頭來看的羅莎娜小姐尖叫著說。

　「是皮諾丘！是皮諾丘！」所有的木偶齊聲尖叫，從舞台的兩側跳了出來。「是皮諾丘！是我們的兄弟皮諾丘！皮諾丘萬歲！」

「過來我這裡，皮諾丘！」丑角大叫。「過來抱抱你的木頭兄弟們啊！」

面對如此熱情的邀請，皮諾丘從後排跳到票價昂貴的前排座位，再從前排座位跳到樂隊指揮的頭上，再從那兒跳上舞台。

你們一定沒辦法想像那畫面有多麼壯觀：不分男女，木偶戲班子裡的演員都湧上來，把皮諾丘擠在中間。他們對著皮諾丘又摟又抱，友好地捏捏他，真摯地用頭去頂頂他，場面一團混亂。

想當然，台上的畫面既盛大又感人。可是對觀眾來說，本來好好的一場表演就這麼忽然中斷，他們逐漸失去耐心，開始大喊：「我們要看表演，我們要看表演！」

觀眾的喊叫完全白費力氣，因為木偶們不但不繼續表演，反而加倍地吵鬧起來。在舞台燈光的照射下，他們把皮諾丘扛到肩膀上，歡欣鼓舞地走來走去。

此時，木偶團的團長跑了出來。團長高大無比，長相凶惡，讓人見了就害怕。他那把亂糟糟的鬍子黑得跟墨汁一樣，長長地拖在地上。到底有多長呢？長到走路都會被自己踩到。他的嘴大得像一台烤箱，兩隻眼睛像是點了火的紅色玻璃提燈，手裡則拿著一條用蛇跟狐狸尾巴編成的大鞭子甩來甩去。

團長的突然出現嚇得大家不敢說話也不敢呼吸。戲院裡安靜到連針掉在地上都聽得見。不分男女，那些可憐的木偶嚇得渾身發抖，就像被風吹動的樹葉一樣。

「你為什麼要跑到我的戲院裡來胡鬧？」團長問皮諾丘。他

的聲音低沉有力，有如一個罹患重感冒的食人魔。

「仁慈的先生啊，請相信我，這不是我的錯！」

「廢話少說！晚上再來跟你算這筆帳。」

果然，表演一結束，團長就走進廚房烤一大頭羊當晚餐。穿過一根烤肉叉的羊在火上慢慢地轉呀轉。因為手上的柴火不夠將羊肉烤成黃褐色，他叫來了丑角跟胖西涅羅，對他們說：「把那個小木偶給我帶過來，他就掛在那邊的釘子上。我想他應該是用上好的乾木頭做的，如果把他丟進柴火裡，火一定會燒得很旺，能把這隻羊烤得熟透。」

一開始，丑角跟胖西涅羅不願意，但因為怕團長發飆，只好聽令。他們把可憐的皮諾丘帶回廚房。此時，皮諾丘就像隻出了水的鰻魚一樣不停地掙扎，口中無助地大叫：「噢，爸爸，快來救我！我不想死！不要，我不想死啊！」

11

本名叫做「吞火人」的團長長相真的很可怕，那把又長又亂的黑色鬍子像條圍裙似的蓋住了他的胸部和兩條腿，但他的心地其實滿好的。事實上，當他看見不停地掙扎的皮諾丘被帶到面前並大叫著：「我不想死，我不想死啊！」的時候，立刻就心軟了。他其實已經忍耐好長一段時間，此刻終於再也忍不住地打了一個好大的噴嚏。

在團長打噴嚏之前，丑角本來一臉絕望地駝著背。在聽見團長的噴嚏聲以後，臉色馬上亮了起來，他彎身對著皮諾丘悄悄地說：「好消息啊，兄弟！團長剛剛打了噴嚏，那就表示他覺得你很可憐，你有救了。」

要知道，大部分的人覺得別人很可憐的話都會流眼淚，或至少也會擦擦眼睛，可是吞火人有個習慣：心裡很難過的時候，就會打噴嚏。他總是透過這種方式讓別人知道自己心裡真正的想法。

打完噴嚏以後，團長依舊粗聲粗氣地對著皮諾丘大吼：「別

哭啦！一聽你哭，我的胃就會抽痛，痛得我忍不住……哈啾！哈啾！」

「上帝保佑您！」皮諾丘說。

「謝謝，」吞火人說。「你父母都還活著嗎？」

「我爸爸還在，我沒看過我媽。」

「天知道如果我把你丟進那堆燃燒的木炭裡的話，你的老爸爸會有多麼難過啊！可憐的老傢伙！我好同情他……哈啾！哈啾！哈啾！」

「上帝保佑您！」皮諾丘說。

「謝謝！不過話說回來，你一定要明白我的困境。你看，我沒有足夠的炭火把這隻羊烤熟。本來你真的能夠幫我一個大忙。不過既然我已經決定饒恕你，這件事就別提了。看來我得從劇團裡抓一個木偶扔進烤肉叉底下。警衛，過來！」

他一聲令下，兩個木頭警衛立刻現身。他們都長得又高又瘦，頭上戴著拿破崙帽，手裡拿著一把出鞘的劍。

接著團長粗聲粗氣地對他們說：「把丑角給我帶來這裡。把他牢牢捆好，丟進火堆裡。我要把這隻羊烤熟！」

你們想想，可憐的丑角心裡做何感想！他嚇得兩腿站不直，整個人撲倒在地上。

看到這一幕，皮諾丘覺得很難過，跪在團長面前大哭，眼淚把團長的鬍鬚弄得溼答答。他開始哀求團長：「發發慈悲吧，好心的先生！」

「我們這裡沒有什麼先生！」團長低吼。

「發發慈悲啊，高尚的騎士！」

「這裡沒有什麼騎士！」

「發發慈悲啊，大爺！」

「這裡沒有什麼大爺！」

「發發慈悲啊，陛下！」

一聽到有人叫他陛下，團長立刻噘起嘴，變得和藹可親起來。他對皮諾丘說：「好吧，你有什麼需要我幫忙的？」

「我求求您放過可憐的丑角吧！」

「那可不行。既然饒過了你，就一定得把他當柴火燒了，因為我想把這隻羊烤熟。」

「既然這樣的話，」皮諾丘義無反顧地大叫。他站了起來，同時匆匆脫掉那頂用麵包屑做成的帽子，「既然這樣的話，我知道自己該怎麼做了。來吧，警衛，把我綁起來丟進那團火裡吧！不，這樣不公平，丑角太可憐了，我不能眼睜睜地看著我的好朋友丑角代我受死。」

這些話語不只是響亮，更是英勇，房裡的每尊木偶聽見都哭了，就連木頭做成的警衛都哭得像兩隻初生的羔羊似的。

一開始，吞火人的心底依然像塊冰一樣硬邦邦的。但那塊冰逐漸開始融化，於是他又打起了噴嚏。在打了四、五個噴嚏以後，他熱情地對著皮諾丘張開雙手，說：「你真是個超級乖的好孩子！過來親我一下。」

皮諾丘朝團長跑過去，像隻松鼠般爬上他的鬍鬚，在他的鼻尖上大大親了一下。

「你要饒我一命嗎？」可憐的丑角顫抖著問道，聲音小得其他人幾乎聽不見。

「饒過你了！」吞火人回答。他嘆了口氣，搖搖頭說：「好吧！今天晚上只好吃半生不熟的羊肉了。但記住，下次恐怕還是有人得遭殃！」

聽見大家都沒事以後，所有的木偶都跑上舞台，彷彿要舉行盛大演出一樣，點亮了所有的燈火，開始蹦蹦跳跳地跳起舞來，直到天明仍未停歇。

12

··

第二天，吞火人把皮諾丘帶到一旁，問他：「你爸爸叫什麼名字？」

「傑佩托。」

「他是做什麼的呢？」

「窮人。」

「錢賺得多不多？」

「他的口袋裡總是一毛錢都沒有。您想想，為了買拼字課本讓我上學，只能把自己唯一的一件外套賣掉，而且那件外套上面到處都是補丁，看起來就像染重病一樣，奄奄一息。」

「可憐的傢伙！我還真有點同情他。這裡有五枚金幣，趕快拿回家給他，順便幫我向他致上最誠摯的問候。」

皮諾丘非常感謝團長，輪流擁抱劇團裡的每一個木偶，連警衛都沒忘記，接著就高高興興地踏上回家的旅途。

走沒多遠，就遇到一隻跛腳的狐狸和瞎了眼睛的貓。他們就像一對難兄難弟，彼此互相攙扶，緩慢地走在路上。跛腳的狐狸

靠在貓的身上，瞎眼的貓則跟著跛腳狐狸。

「早啊，皮諾丘。」狐狸彬彬有禮地跟他打招呼。

「你怎麼知道我的名字？」小木偶問。

「我跟你父親很熟。」

「你最後一次見到他是什麼時候呢？」

「我昨天才看到他，就在他家門口。」

「他在做什麼？」

「他沒穿外套，因為冷風吹來而不停地發抖。」

「可憐的爸爸！不過，老天保佑，他今天開始就不會發抖了。」

「為什麼？」

「因為我賺大錢了。」

「你？賺大錢？」話一說完，狐狸立刻放聲大笑，笑聲裡盡是嘲諷。貓其實也笑了，不過他藉由梳理鬍鬚的動作掩飾自己的笑容。

「有什麼好笑的，」皮諾丘生氣地叫著：「恐怕我得讓你們羨慕一下了，看好，怕你們認不得，這可是五枚閃閃發光的金幣呢。」

他從口袋裡掏出吞火人給他的金幣。

聽見金幣發出好聽的哐噹聲響後，狐狸的瘸腿不自覺地往前伸，貓也張開了那雙跟提燈一樣明亮的雙眼，又趕忙閉上，因此皮諾丘並沒有注意到。

「那現在，」狐狸問：「你打算怎麼運用這些金幣呢？」

「首先，」小木偶回答：「我要幫爸爸買一件新的外套，這件外套得用金線和銀線縫製，還要配上鑽石鈕釦，然後再幫自己買一本拼字課本。」

「買給你自己啊？」

「對啊，因為我要去上學，當個好學生。」

「可是你看看我！」狐狸說：「就是因為一心只想念書，才會瘸掉一條腿！」

「看看我！」貓說：「我是因為一心只想念書，才會瞎掉雙眼！」

就在此時，一隻停在籬笆上的白色鶇鳥啁啾地叫著：「皮諾丘，不要聽壞朋友的話，不然你會後悔的！」

可憐的小鳥，要是他沒說話就好了！貓突然朝小鳥縱身一跳，一口就把他給吞掉，連一聲「唉唷」都來不及喊。

吞下小鳥以後，瞎貓擦了擦嘴，再次閉上眼睛裝瞎。

「可憐的小鳥！」皮諾丘對貓說：「為什麼你要對他那麼壞？」

「我是要給他一點教訓，叫他以後不要在別人說話的時候多管閒事。」

他們往傑佩托家走了一段路程後，狐狸忽然停住腳步對小木偶說：「你想不想多賺一倍的錢？」

「什麼意思？」

「你想不想把這少得可憐的五枚金幣變成一百枚、一千枚或

兩千枚呢？」

「當然想啊！要怎麼做？」

「很簡單，別回家，跟著我們走就對了。」

「你們打算帶我去哪裡？」

「凱子國。」

皮諾丘想了一下，堅定地回答：「不要，我不想去，我快到家了，而且我想見我爸爸，他在等我回去。我昨天沒有回家，誰知道又老又可憐的他有多麼擔心。我知道我一直是個壞孩子。說話蟋蟀說得沒錯，不乖的孩子永遠也沒辦法成大器，我已經經歷過很多苦難，學到了教訓。昨天晚上在吞火人家，差點就丟了命——呃！光想到就讓人發抖。」

「好吧，」狐狸說：「看來你是真的打算回家了，那就回去吧，反正是你的損失。」

「是你的損失！」貓又說了一遍。

「想清楚啊，皮諾丘，你正錯過賺大錢的好機會喔。」

「賺大錢！」貓又說了一遍。

「只要一夜，你的五枚金幣就會變成兩千枚金幣。」

「只要一夜！」貓又說了一遍。

「怎麼可能變出這麼多金幣？」皮諾丘驚訝地張大嘴巴問他們。

「我解釋給你聽，」狐狸說。「你一定聽過吧。凱子國裡有一塊聖地，每個人都稱呼那裡為『奇蹟之地』。在那裡的地上挖

個洞，把一枚金幣放進去，再用一些土把金幣蓋住，澆兩桶水，再撒上一點點鹽，晚上快樂地上床睡覺。就在你睡覺的時候，那枚金幣會發芽開花。隔天早上起床回到原地，就會看到一棵掛著許多金幣的大樹，就像飽滿的六月玉米上面的玉米粒一樣多。」

「所以，」皮諾丘越聽越入迷。「如果我把五枚金幣埋下去的話，隔天早上會發現多少枚金幣呢？」

「很簡單，」狐狸回答。「用手指算就知道了。假如一枚金幣可以長出五百枚金幣，再把五百乘以五，隔天早上就會擁有兩千五百枚閃閃發亮的嶄新金幣喔。」

「太棒了！」皮諾丘高興得跳了起來。「一旦採收完那些金幣以後，我只要留下兩千枚，剩下五百枚就送給你們當作禮物。」

「送給我們？」狐狸有如受到冒犯，一臉難過地大叫。「我們不能拿！」

「不能拿！」貓又說了一遍。

「我們做這些事情的目的不是為了自己，」狐狸繼續說：「而是為了幫助別人。」

「幫助別人！」貓又說了一遍。

「他們人真好，」皮諾丘心想。此時的他忘掉了父親、新的外套、拼字課本，也忘掉了自己曾做的決定。他對著狐狸還有貓說：「我們立刻出發吧。」

13

....

走啊，走啊，走啊，走到筋疲力盡，天色已暗，才終於抵達
了紅龍蝦旅店。

「我們在這裡休息一下吧，」狐狸說：「吃點東西，休息
幾個小時，午夜的時候再出發，就能在明天一大早趕到奇蹟之
地。」

他們走進旅店，在一張桌子旁坐下，但全都沒什麼胃口。

可憐的貓因為胃痛，只吃得下三十五尾番茄醬鯉魚和四份起
司牛肚。而由於覺得牛肚味道太淡，竟三度要求店家加更多的奶
油和起司！

狐狸本來也想稍微吃些東西，但由於醫生要他嚴格控制飲
食，只好簡單點了份糖醋野兔，配上一小盤肥美小母雞和鮮嫩的
小公雞。吃完糖醋野兔以後，為了去除嘴裡殘留的味道，他又點
了份匈牙利燉肉，裡面有松雞、鵪鶉、兔子、青蛙、蜥蜴和天堂
葡萄，而他也只吃得下這麼多了。他說，這些食物讓他的胃很不
舒服，連再看一眼食物都不願意。

吃得最少的是皮諾丘。他點了半份胡桃和一塊硬麵包，卻又全部留在盤子裡。可憐的小木偶現在滿腦子想的都是奇蹟之地，一想到那些金幣就讓他吃不下飯。

　　吃完晚餐以後，狐狸對老闆說：「給我們兩個好房間——皮諾丘先生一間，我跟我的朋友一間。我們出發以前會稍微休息一下，但別忘了在午夜叫醒我們，好繼續上路。」

　　「遵命，先生。」老闆一邊回答，一邊對著狐狸和貓眨眼睛，彷彿在說：我完全知道你們在打什麼主意。

　　沒多久，皮諾丘上床就寢。他很快就睡著，開始作夢，夢到自己站在一塊土地正中央。地上到處都是結實纍纍的樹，就像葡萄樹一樣，只不過是金幣樹。樹上一串串的金幣在微風吹拂下叮噹作響，彷彿在說：「不管是誰，如果想要我們，就過來摘吧。」但就在皮諾丘爬到樹上，準備抓一把漂亮的金幣塞進口袋時，突然被三聲很大的敲門聲吵醒。

　　敲門的人是老闆，他告訴皮諾丘已經午夜了。

　　「我的朋友們都準備好要出發了嗎？」小木偶問。

　　「還準備出發呢！他們兩個小時前就走了。」

　　「為什麼走得這麼匆忙？」

　　「那隻貓接到消息，說他的大兒子身上長了凍瘡，命在旦夕。」

　　「他們付錢了嗎？」

　　「您在想什麼？他們都很懂禮貌，怎麼可能會付錢來侮辱您

這位紳士呢。」

「太可惜了，我倒還寧願被他們侮辱呢！」皮諾丘抓了抓頭。接著問：「我那兩個好朋友有沒有說要在哪裡跟我會合呢？」

「明天一大早，在奇蹟之地。」

皮諾丘拿出一枚金幣，付清他跟兩位朋友的晚餐錢，便啟程。

他摸黑前進。旅店外頭的天色很暗，什麼都看不見，也聽不見，因為這裡是鄉下，連樹葉都不曾被吹動。唯一感受得到的動靜，就是那些不吉利的夜行性鳥兒從道路一邊的樹籬飛往另一邊時，偶爾會從皮諾丘的鼻子旁飛過。每一次，皮諾丘都會被嚇得往後跳，大喊：「是誰？」而附近的山丘則持續傳回冷漠的「是誰？是誰？是誰？」的回聲。

走到一半，他忽然看見前面的樹幹上有個小東西，身上發出微弱幽暗的光芒，就像一盞點著微微燭火的半透明夜燈。

「你是誰？」小木偶問。

「我是說話蟋蟀的鬼魂。」他回答的聲音很微弱，彷彿是從另一個世界傳來。

「你想要做什麼？」

「我想給你一些建議，現在立刻掉頭回家吧，把剩下的四枚金幣帶回去給你可憐的父親。他因為你一直沒有回家，正在絕望地哭泣呢。」

「明天我爸爸就會成為一個偉大的紳士了，因為我會把這四枚金幣變成兩千枚。」

「孩子啊，永遠不要相信那些答應讓你一夕致富的人。他們通常不是瘋子就是騙子！聽我的話，回家吧。」

「我想繼續往前走。」

「時間已經很晚了！」

「我想繼續往前走。」

「天色已經很暗了！」

「我想繼續往前走。」

「前方的道路很危險！」

「我想繼續往前走。」

「別忘了，想做什麼就做什麼的孩子遲早會後悔的！」

「又是同樣的說詞。晚安了，蟋蟀。」

「晚安，皮諾丘。但願老天能保佑你不要被晨露沾溼，不要被殺人犯奪走性命。」

說完這些話，說話蟋蟀就像被吹滅的燭火般消失，道路也因而變得更加昏暗。

14

　　「真是的，」小木偶繼續前進，一邊自言自語說：「我們這些可憐的孩子真倒楣！每個人都要來罵我們，每個人都要來警告我們，每個人都想給我們建議。每個人都覺得我們應該聽他們的話，就像是我們的爸爸和老師似的，連說話蟋蟀也不例外。就只因為我不遵照蟋蟀的無聊建議，就詛咒我會碰到各種不好的事情，甚至說我會碰上殺人犯！幸好我不相信世界上有殺人犯這種東西，我從來不相信這種鬼話。我認為，殺人犯的故事是爸爸們編出來嚇那些晚上想要出門的小孩子用的。而且啊，就算我在路上真的遇到殺人犯，你覺得我會怕他們嗎？想得美。我會走上前去大喊：『嘿，殺人犯先生，你們想把我怎麼樣？你最好別動什麼歪腦筋！快滾開，少在那邊擋路！』我敢說，被我這麼一罵，那些殺人犯就會一溜煙地跑掉。就算他們很粗暴，不肯走，那換我跑掉就好了，哪會發生什麼事啊……」

　　才想到一半，皮諾丘的思緒被打斷，他好像聽見背後傳來些微的樹葉沙沙聲。

他轉身，看見黑暗中有兩個不祥的黑影，渾身套著裝煤炭用的布袋，同時踮起腳尖一蹦一蹦地朝他跳過來，就像幽靈一樣。

「沒想到世界上真的有殺人犯！」他心想。因為不知道該把四枚金幣藏在哪裡，只好把它們塞進嘴裡，放在舌頭底下。

他轉身想跑，沒想到才踏出腳步，手臂就被人抓住。他聽見兩人用恐怖低沉的聲音說：「要錢還是要命！」

由於金幣塞在嘴巴裡，皮諾丘沒辦法答話，只好像演默劇一樣做出各種表情跟動作，希望讓那兩個除了眼睛以外什麼都看不見的蒙面歹徒知道，他不過是個貧窮的木偶，口袋裡連一枚假錢都沒有。

「夠了！夠了！少在那裡演戲，把錢交出來！」兩個土匪大聲威脅他。

小木偶比手畫腳地說：「我一毛錢也沒有。」

「把錢拿來，不然只有死路一條！」比較高的壞蛋說。

「死路一條！」矮的壞蛋說。

「殺掉你以後，我們再去解決你爸爸！」

「解決你爸爸！」

「不，不，不，絕不可以殺我那可憐的父親！」皮諾丘絕望地大喊。就在他喊出聲的時候，嘴裡的金幣也跟著發出了喳啷聲。

「你這個小混蛋！原來把錢藏在舌頭底下，馬上給我吐出來！」

皮諾丘不答應！

「你聾了是不是？等著瞧，我們會逼你吐出來！」

話剛說完，其中一人抓緊小木偶的鼻尖，另一個人則揪住他的尖下巴，一人往上，一人往下，粗暴地想逼他把嘴巴打開，卻徒勞無功。他的嘴就像用釘子釘起來一樣緊閉。

後來，比較矮的那個殺人犯抽出一把可怕的小刀，把刀子塞進皮諾丘的雙唇之間，就像使用槓桿或是鑿子那樣把他的嘴撬開。但是皮諾丘大口一張，咬掉了對方的手，吐到地上。皮諾丘往地上一看，發現自己剛剛咬掉的竟然不是人類的手掌，而是貓爪。想想看，他有多麼驚訝啊！

第一次交手就獲得勝利，讓皮諾丘的膽子大了不少。他轉身脫離匪徒的掌控，跳過路旁的樹籬笆，逃進鄉野之中。兩個殺人犯就像追逐野兔的獵犬般跟了上來。而少了一隻前爪的搶匪居然還能穩穩地向前跑，沒有人知道他是怎麼辦到的。

跑了十五公里之後，皮諾丘再也跑不動了。他用盡最後的力氣，爬上一棵很高的松樹，坐在最高的樹枝上。兩個殺人犯也想跟著爬上去，可是才爬到一半就滑回地面，還磨破了手腳。

他們還是不肯放棄。兩人將乾樹枝圍著樹幹疊高後點火。一眨眼，松樹就熊熊燃燒了起來，猶如微風吹拂下的蠟燭。火勢越燒越高，不想變成烤乳鴿的皮諾丘從樹頂往下縱身一跳，再次於田野及葡萄園中衝刺。兩個殺人犯在後頭追趕，全然不知疲倦。

天快亮了，兩方仍在追逐。此時，皮諾丘發現前面有條大

水溝。裡面的水很髒，就像加了牛奶的咖啡一樣。他該怎麼辦？「一，二，三！」皮諾丘大喊一聲往前衝，跳過了水溝。兩個殺人犯也跟著跳，卻因為距離沒有抓好，撲通一聲掉了進去。聽見他們在水裡胡亂拍打的聲音，皮諾丘哈哈大笑，對著他們喊著：「殺人犯先生，祝你們洗澡愉快！」接著便繼續往前跑。

　　小木偶一心以為他們會淹死，想不到一回頭，又看到他們追了上來。兩人依舊穿著布袋，髒水不停從身上湧出，就像兩個倒扣的水桶。

15

....

　　這一次，心灰意冷的小木偶以為應該躲不掉了。正準備趴到地上投降時，看見前方有一棟潔白如雪的小屋，周圍長滿深綠色的大樹。

　　「如果能跑到那棟房子裡的話，說不定就有救了！」他心想。

　　事不宜遲，他再度盡全力朝那片樹林跑去。兩個殺人犯依然窮追不捨。

　　這場激烈的追逐已經持續將近兩個小時。上氣不接下氣的皮諾丘總算來到小屋的門口。他敲了敲門。

　　沒有任何回應。

　　他再次敲得更用力，因為他聽見壞蛋逼近的腳步聲以及喘著大氣的呼吸聲。依舊沒人應門。

　　由於敲門沒用，皮諾丘情急之下開始用腳踢，也用頭撞門。不久，一個漂亮的女孩子打開窗戶。她有一頭天藍色的頭髮和一張蒼白的臉。她閉著雙眼，兩手在胸前交叉。說話的時候，嘴唇

動也沒動，聲音細微得有如來自另一個世界：「這間房子裡面沒有住人。他們全都死了。」

「可以幫我開門吧！」皮諾丘哭著哀求她。

「我也已經死了。」

「死了？那妳還站在窗邊幹嘛？」

「我在等棺材來接我。」

話一說完，女孩就消失了。窗戶同時無聲地關上。

「噢，美麗的藍髮女孩，」皮諾丘大喊：「看在老天爺的分上，把門打開吧！可憐可憐我吧，後面有殺人……」

但話沒辦法繼續說下去了。他被人抓住脖子，聽見那兩個熟悉的低沉聲音正在威脅他：「這回你逃不掉了！」

小木偶覺得自己命在旦夕，怕得渾身發抖，木頭腳的關節都抖得喀啦喀啦響，四枚藏在舌頭底下的金幣也哐啷哐啷撞在一起。

「好啦，」殺人犯問他：「你到底張不張開嘴巴？不肯說話，是嗎？沒差，這次我們會幫你把嘴打開！」

他們各掏出一把又長又鋒利的小刀，咻的一聲往他的背部刺過去。

還好小木偶是用非常硬的木頭做成的，兩把刀就這麼碎裂。這下子，殺人犯手裡只剩下刀子的握把。兩人驚訝得張大嘴巴，你看我，我看你。

「我知道了，」比較高的壞蛋說：「得把他吊死才行！我們

來吊死他！」

「來吊死他！」矮個兒又說了一遍。

他們把小木偶的手綁在背後，在他的脖子上套了一根繩子，吊在一棵大橡樹的樹枝上，然後坐在樹下等小木偶斷氣。可是過了三個小時，小木偶的眼睛依然睜得大大的，嘴巴依然緊閉，兩腿也越踢越有勁。

最後，實在等得很不耐煩，便用嘲諷的語氣對他說：「再見嘍，我們明天再過來。希望到時候你已經乖乖地死掉，嘴巴也張得開開的。」說完就走了。

沒多久，一陣猛烈的北風呼呼地颳了起來，把可憐的小木偶吹得搖來晃去。每逢週日，教堂裡大鐘的鐘擺就會劇烈地搖個不停，小木偶現在就搖得跟鐘擺一樣。晃來晃去使得他渾身疼痛，也使脖子上的繩子越收越緊，讓他越來越難呼吸。

慢慢地，他的視線開始模糊。他知道自己活不久了，但還是希望有哪個好心人能來救他一命。可是等了又等，卻一直沒有人現身，一個也沒有。此時，瀕死的他想起那可憐的父親，於是結結巴巴地說：「噢，爸爸！要是你在這裡就好了！」

他沒有力氣再說出任何一個字了。他雙眼緊閉，嘴巴張開，兩腿一伸，突然一抖，渾身癱軟。

16

　　可憐的皮諾丘被兩個殺人犯吊在大橡樹的樹枝上，距離死亡越來越近。此時，美麗的藍髮女孩又打開窗，看見可憐的皮諾丘被吊在樹上，身體被北風吹得跳舞似的擺來擺去，非常同情。她舉起手，輕輕拍了三下。

　　聲音一停，天空就傳來拍打翅膀的巨大聲響。一隻獵鷹從天而降，停在窗台上。

　　「親愛的仙女，請問有什麼吩咐？」獵鷹邊說邊低下頭，以示尊敬。（原來這位藍髮女孩恰巧是世界上最仁慈的仙女，已經住在森林超過一千年了。）

　　「你有看見吊在大橡樹樹枝上的那個小木偶嗎？」

　　「有。」

　　「過去用尖利的嘴解開那條吊住他的繩子，輕輕地把他放在橡樹下的草地上。」

　　獵鷹立刻飛走。兩分鐘以後飛了回來，說：「已經照您的吩咐做好了。」

「他看起來怎麼樣？還活著嗎？」

「乍看之下，似乎已經死了，但一定沒死，因為我一把他脖子上的繩子鬆開，他就嘆了一口氣，自言自語地說：『現在舒服多了！』」

接著，仙女又輕拍了兩下，一隻長相高貴的貴賓狗立刻出現。這隻狗走路只用兩條後腿，就像人類一樣。

貴賓狗身上穿著頂級的車夫制服，頭上戴著一頂金邊三角帽，帽子底下是一頂垂到肩上、捲捲的白色假髮。他身上穿了件繡上鑽石鈕釦的巧克力色夾克，夾克上有兩個巨大的口袋，好用來裝女主人晚餐時賞賜的骨頭，下半身則穿了一條鮮紅色天鵝絨馬褲、一雙絲質長襪，以及一雙小小的宮廷鞋[1]。在他的背後，則有一個類似傘套的東西，用天藍色軟綢縫製而成。遇到下雨，他就會把這東西套上尾巴防止淋溼。

「乖，蘭斯洛，」仙女對那隻貴賓狗說：「快駕著我最好的馬車，走森林道路到大橡樹那兒。你會在那邊看到奄奄一息的可憐小木偶躺在草地上。輕輕地把他拉起來，小心放到馬車的坐墊上，送到我這裡來。聽懂了嗎？」

貴賓狗那條罩了天藍色緞套的尾巴搖了三、四下，表示聽懂了仙女的話，隨即像匹駿馬般快速奔跑。

不久，出現一輛天藍色的漂亮馬車，是用一層層金絲雀的羽毛做成的，裡面則是用鮮奶油、卡士達醬跟手指餅乾打造。負責拉車的是一百對白色的老鼠。貴賓狗坐在駕駛座上，手裡的皮鞭

左右揮舞，看起來就像個趕時間的車夫。

　　不到十五分鐘，那輛馬車就回來了。站在門邊等候的仙女把可憐的小木偶抱在懷裡，抱進一間用珍珠裝飾的小房間。她立刻傳喚了當地的幾位名醫。

　　名醫們很快一一到場。第一個是烏鴉，第二個是貓頭鷹，第三個則是說話蟋蟀。

　　「各位先生，我希望你們能告訴我，」仙女看著圍繞在皮諾丘旁邊的三個醫生說：「我希望各位能告訴我，這個不幸的木偶是死是活！」

　　聽到仙女的請求後，烏鴉第一個走上前。他量了量皮諾丘的脈搏，接著探了探他的鼻息，碰了碰他的腳趾頭。十分謹慎地檢查完這幾個部位後，烏鴉鄭重地宣布：「我認為這個小木偶已經斷氣了。不過如果他碰巧沒死，那我們就可以斷定他還活著。」

　　「很抱歉，」貓頭鷹說：「我的意見跟這位大名鼎鼎的朋友──烏鴉醫師恰恰相反。照我看來，小木偶依然活著。不過如果他碰巧不是活的，那我們就可以斷定他事實上已經死了。」

　　「那你呢？你有什麼想法嗎？」仙女問說話蟋蟀。

　　「我覺得，如果一個醫師因為怕診斷錯誤而不知道該說些什麼的話，最好的辦法就是閉上那張嘴。要說躺在那邊的那個木偶呢，他的長相我滿有印象的，我已經認識他一段時間了！」

　　其他人說話的時候，皮諾丘彷彿一塊木頭似的躺著，一聽見蟋蟀說的話，忽然全身抖個不停，連床都跟著搖了起來。

「那個木偶啊，」說話蟋蟀繼續說著：「是個道道地地的壞蛋。」

皮諾丘張開眼睛，但很快又閉了起來。

「他是個骯髒鬼，懶骨頭，流浪漢。」

皮諾丘把頭藏到被單底下。

「那個木偶是個不孝子，遲早會害他可憐的父親心臟病死掉！」

就在此時，房間裡的每個人都聽見細微的啜泣聲。往被單底下一看，發現皮諾丘正在哭，臉上的表情都非常驚訝。

「如果一個死掉的人哭了出來，那就表示他要康復了。」烏鴉鄭重地說。

「很抱歉，我的意見跟這位大名鼎鼎的朋友，烏鴉醫師恰恰相反，」貓頭鷹說：「我認為，如果一個死掉的人哭了出來，那就表示他不想死。」

1　也稱為歌劇鞋，是歐洲早期的正式穿著，造型類似女性的高跟鞋，但鞋跟比較低。

17

三名醫師一離開，仙女走到皮諾丘身旁摸他的額頭，發現他正在發高燒。

她將特製的白色藥粉放在半杯開水裡攪拌後遞給小木偶，慈祥地說：「把這個喝掉，過幾天就會康復了。」

皮諾丘看著那杯藥水，門牙咬得嘎嘎響，用非常不甘願的語氣問：「這是甜的，還是苦的？」

「是苦的，不過對你的身體很好。」

「如果是苦的，我不要喝。」

「聽我的話，把它喝掉。」

「我不喜歡苦的東西。」

「如果你喝掉的話，我就給你一塊糖果，讓你去掉嘴裡的苦味。」

「糖果在哪裡？」

「在這裡。」仙女邊說邊從一個金色的糖罐裡拿出一塊糖。

「先讓我吃糖，我才要喝那杯可怕的苦藥水。」

「說好囉？」

「好。」

仙女把糖拿給他，皮諾丘咬碎吞了下去，舔舔嘴唇後說：「要是糖也能治病就好了，我一定天天吃。」

「說話要算數，該喝掉這杯藥水了，這樣你的病才會好。」

皮諾丘不情願地接過玻璃杯，先用鼻子聞，再放到嘴邊，最後卻說：「太苦了！實在太苦了！我喝不下去。」

「還沒喝，你怎麼知道很苦？」

「我就是知道！剛剛聞過了，再給我一塊糖我才要喝！」

於是，仙女就像個有耐性的好媽媽一樣，又把一塊糖果放進他的嘴裡，然後把藥水端給他。

「這樣子我不能喝！」小木偶邊說邊做出各種鬼臉。

「怎麼了？」

「因為擺在腳上的枕頭弄得我很不舒服。」

仙女把枕頭拿開。

「沒有用！這樣我還是沒辦法喝。」

「又怎麼啦？」

「房間的門是開的。」

仙女走過去關上了門。

「老實說，」皮諾丘忍不住大哭起來。「我就是不想喝這麼苦的藥水，我不要！我不要！我不要！」

「孩子，不喝你會後悔的。」

「我不管。」

「你病得很嚴重。」

「我不管。」

「這場高燒會在幾個小時內把你送到另一個世界去。」

「我不管。」

「你不怕死嗎?」

「我才不怕!我寧願死也不要喝那麼苦的藥。」

話一說完,門就打開了。四隻毛色黑漆漆的兔子走了進來,肩膀上扛著一具小棺材。

「你們想做什麼?」皮諾丘嚇得在床上坐得直挺挺的。

「我們來帶你走啊。」最大的兔子回答他。

「帶我走?可是我還沒死啊!」

「是啊,你還沒死,不過也只剩下幾分鐘好活了,誰叫你不肯把退燒藥喝掉!」

「噢,仙女,噢,仙女,」小木偶開始大叫:「立刻把那杯藥水給我。看在老天的分上快點,因為我還不想死。不要,我不想死啊!」

他捧著杯子,一口就把藥水喝掉了。

「唉!」兔子們說:「白跑了一趟。」

他們把小棺材扛回肩上,咕噥抱怨著離開了房間。

不到幾分鐘,皮諾丘就生龍活虎地跳下床。因為,木偶的好處就是很容易生病,就算生病了也能迅速恢復健康。

仙女看到他在房裡活蹦亂跳，開心得像頭鹿一樣，就說：
「我的藥有讓你覺得舒服多了嗎？」

　　「不只是舒服，妳的藥水救了我一命！」

　　「既然這樣，那我剛剛要你喝的時候，你為什麼死也不
肯？」

　　「因為小孩子都是這樣啊！比起生病，我們更怕吃藥。」

　　「羞羞臉！小孩子應該要知道，在適當的時機吃下適當的
藥，不但能治療重病，說不定還能救你一命呢。」

　　「好嘛，下次我就會乖了！我會記住那些黑兔子，還有他們
肩膀上扛的棺材，然後我就會拿起杯子，一口把藥喝掉！」

　　「現在過來這兒，坐到我旁邊，告訴我，你怎麼會在殺人犯
的手中。」

　　「是這樣的，木偶劇團的團長吞火人給了我五枚金幣，同
時跟我說：『來，把這些錢拿去給你爸吧！』但我在半路上遇到
了狐狸和貓，他們都是好人。他們跟我說：『你想要把這些金幣
變成一千枚或兩千枚嗎？想的話就跟著我們走吧，我們會帶你去
奇蹟之地。』我回答：『那就走吧。』他們接著說：『我們先在
紅龍蝦旅店休息一下，午夜以後再出發。』但我醒來的時候，他
們都先走了。我只好深夜一個人走，路上的景物黑到讓人不敢置
信。後來就遇到了兩個罩著煤布袋的殺人犯，他們說：『把錢交
出來。』我回答：『我沒錢。』因為我把金幣都藏在嘴巴裡。其
中一個想把手塞進我嘴裡，我就把他的手咬斷後吐掉，卻發現那

94

不是人手而是貓掌。後來殺人犯追著我跑，我跑啊跑啊跑，還是被他們抓住，套住我的脖子，把我吊在林子裡，說：『明天我們再回來，到時候你就已經死了，嘴巴也會打開，這樣我們就可以拿走你藏在舌頭底下的那些金幣。』」

「你把那四枚金幣放在哪裡呢？」

「弄丟了！」皮諾丘回答。事實上他在撒謊，那些金幣都在他的口袋裡。

他一說謊，那個本來就已經很長的鼻子又長了五公分。

「你是在哪兒把金幣弄丟的？」

「附近的林子裡。」

第二個謊話說完，他的鼻子又更長了。

「如果是在附近的林子裡弄丟的話，」仙女說：「我們可以去找，因為在附近林子裡弄丟的東西都很容易找到。」

小木偶說：「啊，現在我想起來了。我沒有把那四枚金幣弄丟，而是在喝妳給我的藥水的時候，不小心吞到肚子裡去了。」謊言就如同雪球般越滾越大。

一撒完第三個謊，可憐的皮諾丘的鼻子長到連頭都沒辦法轉動。如果他轉向這邊，鼻子就會碰到床或打破玻璃；如果轉向另一邊，鼻子可能會戳到仙女的眼睛。

仙女看著他，笑了起來。

「妳在笑什麼啊？」小木偶對自己不停變長的鼻子又生氣又擔心。

「我是在笑你說的那些謊啊。」

「妳怎麼知道我在撒謊？」

「孩子啊，撒謊是很容易被看出來的，因為說謊的孩子有兩種下場：一是腿會變短，二是鼻子會變長。你就是鼻子會變長的那一種。」

皮諾丘羞愧得想把臉藏起來，想跑出去，可是偏偏辦不到，因為他的鼻子已經長到讓他走不出門了。

18

．．

　　小木偶因為鼻子太長，出不了門，哭鬧了半小時，仙女完全沒理他。她這麼做是要給小木偶一個教訓，讓他改掉撒謊這個壞習慣，因為這是小孩子最不應該做的事。看到他哭得臉都變了樣，雙眼也因為深深的絕望而凸了出來，仙女覺得他很可憐，拍了兩下手，一千隻聽到聲音的啄木鳥從窗戶飛進來。每隻啄木鳥都停到皮諾丘的鼻子上，賣力地啄啊啄。不到幾分鐘，皮諾丘那長得嚇人的鼻子就恢復了正常。

　　「仙女，妳人真好，」小木偶擦乾眼淚說：「我好愛妳喔！」

　　「我也愛你，」仙女回答他：「如果你想待在這裡的話，可以當我的小弟弟，我可以當照顧你的小姊姊。」

　　「我很想和妳在一起，可是我可憐的爸爸怎麼辦？」

　　「我都想好了。我已經派人去通知你爸爸了，他天黑以前就會到這裡。」

　　「真的嗎？」皮諾丘大叫，開心得跳了起來。「既然這樣，仙女，如果妳不介意的話，我想出去接他！我等不及要親親我那

可憐的老爸爸了。他為我吃了太多苦了！」

「去吧，小心別迷路了。順著林子裡的那條路走，一定會碰到他。」

皮諾丘一進入森林，馬上就像頭鹿一樣往前奔跑。跑到大橡樹附近時，因為聽到草叢裡有動靜，便停下腳步。猜猜看草叢裡走出來的人是誰？是狐狸和貓，那兩個陪他走過一段路，又跟他一起在紅龍蝦旅店吃飯的朋友。

「這不正是我們親愛的好朋友皮諾丘嗎！」狐狸大喊，對他又擁抱又親吻。「你怎麼會在這裡？」

「說來話長，」小木偶回答：「等有空再告訴你們整件事情的經過。不過主要是這樣，你們兩人把我留在旅店的那天晚上，我在路上遇到了兩個殺人犯。」

「殺人犯！噢，可憐的朋友！他們想要對你做什麼？」

「他們想要偷我的金幣。」

「真是惡棍！」狐狸說。

「真是大惡棍！」貓又說了一遍。

「於是我開始逃，」小木偶繼續說下去：「他們在後頭追，抓到我之後，就把我吊到那棵橡樹上。」

皮諾丘指著幾步路外的那棵大橡樹。

「你有聽過這麼可怕的事情嗎？」狐狸說：「我們是犯了什麼罪，竟要在這種可怕的世界裡求生存！像我們這種紳士是要住到哪裡才好呢？」

談話的過程中，皮諾丘注意到貓的右前腳受傷了，事實上，應該說包含爪子在內的整個腳掌都不見了。他問：「你的腳怎麼了？」

貓本來想開口說點什麼，又不知道該怎麼解釋。狐狸趕緊搭腔：「我的朋友太謙虛了，才會說不出話來。我來代他回答吧。一個小時前，我們在往這裡來的路上，遇到一隻餓得快昏倒又很老的狼。他希望我們能施捨他一點東西吃，可是我們身上連根魚骨頭都沒有。結果我這個好心腸的朋友做了什麼？他把自己的整個腳掌咬掉，丟給那頭可憐的野獸吃，好讓他能填填肚子。」

狐狸邊說邊擦眼淚。

皮諾丘也大受感動，靠近貓，在他的耳邊輕聲說：「如果天底下每一隻貓都跟你一樣善良，老鼠就有福了！」

「那麼，你到底是來這裡做什麼呢？」狐狸問小木偶。

「我在這裡等我爸，他應該馬上就要到了。」

「那你的金幣呢？」

「除了在紅龍蝦旅店花掉的那枚以外，剩下的都還在我的口袋裡。」

「想想看，到了明天，四枚金幣就可以變成一千枚或兩千枚金幣耶！怎麼不接受我的建議，把這些金幣埋在奇蹟之地呢？」

「今天不行，改天再去。」

「改天就太遲了！」狐狸說。

「為什麼？」

「因為一個有錢人把那塊地買了下來。明天開始，任何人都不能在那裡種錢了。」

　　「奇蹟之地離這邊有多遠？」

　　「才兩公里而已。要跟我們一起去嗎？半個小時就到了。到時候你可以立刻把四枚金幣種下去，幾分鐘以後就能收成兩千枚金幣。晚上回家的時候，口袋裡就會裝滿金幣喔。要跟我們一起去嗎？」

　　想起了好心的仙女、老邁的傑佩托，以及蟋蟀的忠告，皮諾丘猶豫了片刻。但最後，他就跟那些頑固又沒心肝的孩子一樣做出了同樣的選擇——他輕輕地搖搖頭，對狐狸跟貓說：「走吧，我跟你們一起去。」

　　他們一起上路。走了半天，抵達了一個叫做騙子市的地方。一走進去，皮諾丘看到滿街都是因為餓肚子而打哈欠的癩皮狗；毛被剃光而冷得發抖的羊；沒有雞冠、四處討玉米粒吃的公雞；把漂亮的翅膀賣掉，因此無法飛翔的大蝴蝶；少了尾巴而羞於見人的孔雀；還有沉默地走來走去的雉雞，因為再也找不回自己身上那閃亮亮的金銀色羽毛而哀痛不已。

　　這裡雖然到處都是乞丐跟一臉羞怯的窮人，但偶爾也會有豪華的馬車經過，裡面的乘客不是狐狸、賊頭賊腦的喜鵲，就是看起來不懷好意的掠食性猛禽。

　　「奇蹟之地在哪裡？」皮諾丘問。

　　「就在前面不遠的地方。」

他們穿過城市，走過城牆，來到一塊荒涼的土地，看起來一點也不特別。

「就是這裡，」狐狸對小木偶說：「現在彎下腰，用雙手挖個小洞，把你的金幣放進去吧。」

皮諾丘照著他的話，挖了一個洞，把剩下的金幣都放了進去，再蓋上一層土。

「現在呢，」狐狸說：「去旁邊的河那兒提一桶水回來，在你剛剛埋金幣的地方澆澆水。」

皮諾丘來到河邊。由於手邊沒有水桶，他脫下一隻舊鞋，裝滿水，再用那些水澆灌剛剛埋金幣的地方。接著問：「還要做什麼嗎？」

「這樣就行了，」狐狸回答說。「我們現在可以走了。二十分鐘以後回來，就會看到這裡長出一棵小樹，樹枝上掛滿了金幣。」

可憐的小木偶滿心歡喜，對著狐狸和貓道謝，並答應要送他們一個大禮。

「沒那個必要，」那兩個從沒做過一件好事的壞蛋說。「對我們來說，能夠教會你如何輕鬆賺大錢就心滿意足了。」

說完這些話以後，他們揮手跟皮諾丘道別，祝他大豐收，便離開去忙自己的事了。

19

回到騙子市以後，小木偶開始一分鐘、一分鐘的算起時間。覺得時間到了以後，立刻上路前往奇蹟之地。

他腳步匆匆，心臟就跟一座跑得太快的老時鐘一樣滴滴答答跳個不停。他邊走邊想：「假如我在樹上不只找到一千枚金幣，而是兩千枚呢？假如我在樹上不只找到兩千枚，而是五千枚呢？假如不是五千枚，而是十萬枚呢？哇，那我就成為一個體面的紳士了！我會蓋一座巨大的宮殿，宮殿裡會有一千個馬廄，馬廄裡會有一千匹木馬供我玩樂。地窖裡會有甜酒跟果汁，一旁的架上則擺滿了蜜餞、蛋糕、甜麵包、杏仁餅乾，還有擠滿鮮奶油的威化餅。」

滿腦子美麗幻想的他慢慢靠近奇蹟之地。他停下腳步，想試試有沒有辦法看到任何一棵掛滿金幣的樹，卻什麼都沒看見。他又往前走了一百步，依舊什麼也沒看到。他走進奇蹟之地，急忙走到先前埋下金幣的那個小洞旁：什麼也沒從地上長出來。他開始擔心起來，把手從口袋裡抽出來，不停地搔頭，把之前學過的

禮儀規範全都忘光了。

　　就在這時候，他聽到一陣大笑。轉過頭，看到樹上坐著一隻巨大的鸚鵡，正在用嘴清理身上殘存的羽毛。

　　「你在笑什麼？」皮諾丘生氣地問。

　　「我笑，是因為我在清理羽毛的時候，不小心搔到翅膀底下怕癢的地方。」

　　小木偶什麼也沒說，走到河道旁，再次用自己的舊鞋裝滿水，把水澆到先前埋金幣的地方。

　　這時候，他又聽到一陣大笑，笑聲比上一次還惹人厭，擾亂了奇蹟之地的孤寂感。

　　「天啊，」皮諾丘生氣地大叫：「你這隻沒禮貌的鸚鵡，這次又是在笑什麼啊？」

　　「我在笑一種鳥。這種鳥啊，別人講什麼都信，再蠢的事情也照信不誤，老是被比他們聰明的人騙。」

　　「你該不會是在講我吧？」

　　「沒錯，我就是在講你。可憐的皮諾丘，你真的很單純，居然笨到相信錢可以跟豆子或南瓜一樣種在土裡等收成。我也上過同樣的當，到現在都還在承擔苦果。我已經學到了教訓（不過已經太遲啦）！要賺錢只能老老實實地賺，要不就是用雙手付出勞力，要不就是靠你的腦力。」

　　「我聽不懂。」皮諾丘因為害怕而發抖。

　　「好吧！我就把話說明白，」鸚鵡繼續說。「你待在城裡的

時候，狐狸跟貓回到這裡，把你埋起來的金幣拿走，一溜煙跑走了。你現在很難追上他們嘍！」

皮諾丘驚訝地張大嘴巴。他對鸚鵡所說的話不敢置信，開始挖起剛剛才澆過水的地方。他挖啊挖啊挖，挖出了一個甚至把乾草堆放進去都沒問題的大洞，但裡頭的金幣都已經不見了。

想不到其他辦法，他只好跑回城裡，直奔法院，去跟法官控告那兩個將他洗劫一空的惡棍。

法官是「大猩猩黨」裡面的一隻巨大人猿。他看起來很睿智，因為年紀很大，又留了一把白鬍子，還戴了一副沒有鏡片的金邊眼鏡。會隨時戴著這副眼鏡，是因為他有容易流眼淚的老毛病。

皮諾丘來到法官面前，開始形容那兩個騙子的外貌，連細節都不放過。他把歹徒的姓名跟特徵一一詳述完畢以後，要求法官主持公道。

法官全心全意地聽他訴說自己的故事，心裡十分同情，也深受感動。等到小木偶把話都說完以後，法官伸出手，開始大力地搖鈴。

鈴聲一響，兩隻身穿國家憲兵[2]制服的獒犬跑了進來。

法官指著皮諾丘對他們說：「這個可憐的傢伙被人騙走了四枚金幣，立刻把他抓起來，關進大牢裡。」

這個突然降臨的刑罰宛如青天霹靂，讓小木偶嚇了一大跳。他想要抗議，可是憲兵不想因為任何無意義的事情耽擱，摀住他

的嘴，硬把他架到牢房去。

　　他就這樣在牢裡關了四個月。非常、非常漫長的四個月。你們知道嗎？他本來應該要關更久的，幸好他吉星高照，治理騙子市的年輕皇帝和敵人打仗時大獲全勝，下令盛大慶祝，到處都張燈結綵放鞭炮，並舉辦賽馬大會與自行車大賽。此外，為了傳達心中極大的喜悅，甚至下令把牢房的門統統打開，讓所有的壞蛋都能重獲自由。

　　「別人都能走，那我也要走。」皮諾丘對獄卒說。

　　「你不能走，」獄卒說：「因為你不是壞蛋。」

　　「請你搞清楚，」皮諾丘回答：「我也是個壞蛋耶！」

　　「原來是這樣，那就請吧。」獄卒說著，彬彬有禮地脫下帽子跟皮諾丘道別，開門讓他離開。

2　身負警察職務的士兵，目前包含阿根廷、巴西、加拿大、法國、義大利……等國仍有此職務存在。

20

皮諾丘被放出來以後非常開心，想都沒想，立刻離開那座城市，踏上通往仙女家的路。

細雨不斷，滿路泥濘，深陷膝蓋。但是皮諾丘不放棄，一心只想見到爸爸和藍髮姊姊。他像隻獵犬越跑越快，濺起的汙泥沾到了帽子。他不停對自己說：「我碰上的倒楣事還真不少，不過那是我活該！因為我是個頑固、倔強又任性的小木偶，從來都不聽愛我的那些人的話，但明明他們就比我懂事一千倍！從現在開始，我一定要改變自己的人生，成為一個聽話的孩子，因為我已經學到了教訓。如果孩子不聽話，就會吃大虧，什麼事也做不好。不知道爸爸是不是一直都在等我？我會在仙女家遇到他嗎？可憐的爸爸，我已經好久沒有見到他了，我好想好想抱抱他、親親他喔！仙女會原諒我不聽她的話嗎？想到她對我那麼親切又和善，想到自己就是因為她才有辦法活命！世界上還有比我更不懂得感恩又沒良心的孩子嗎？」

說著說著，他忽然害怕地停下腳步，往後退了四步。

你猜他看見了什麼？

他看到路上橫著一條大蛇，綠色的眼睛在冒火，尖尖的尾巴像煙囪一樣冒煙。

你們絕對想像不到小木偶有多害怕。他往回跑了半公里，才在一堆石頭上坐下，等待大蛇心甘情願離開。

一個小時，兩個小時，三個小時過去了，大蛇還在原地。連隔著這麼遠的距離，小木偶還是看得到他眼中的火焰跟尾巴尖端冒出來的煙柱。

最後，皮諾丘鼓起勇氣，走到靠近大蛇只有幾步的地方，用諂媚又討好的語氣對他說：「對不起，大蛇先生，是不是可以請你幫個忙，稍微移往路邊，讓我可以過去呢？」

就像對牛彈琴一樣，大蛇動也沒動。

皮諾丘用同樣的口氣又試了一次：「是這樣的，大蛇先生，我正準備回家，爸爸在家裡等我，而我已經很久很久沒有見到他了，可以請你借過讓我回家嗎？」

他等著看大蛇有什麼反應，他卻完全置之不理。不但如此，原先看起來精力充沛的大蛇忽然動也不動，身體僵硬，雙眼緊閉，尾巴也不再冒煙。

「他該不會真的死掉了吧？」皮諾丘說著，同時開心地搓著手。一秒也沒耽擱，準備從大蛇身上跨過去，但腳都還沒抬高，大蛇就像個彈簧似的伸直了身子，嚇得小木偶趕忙縮起腳，重心不穩往後摔倒。

唉呀，他摔倒的姿勢可真難看。頭朝下卡在爛泥巴裡，雙腳豎在地上。

看到小木偶倒栽蔥扎在泥裡，兩條腿猛踢個不停，大蛇忍不住開懷大笑。他一直笑，一直笑，一直笑，最後因為笑得太厲害，把胸口裡的一條血管都笑破了。這一次，大蛇真的死掉了。

皮諾丘開始飛奔，希望能趕在天黑以前回到仙女家。不過走到半路，因為肚子餓得痛了起來，便跳進一塊田裡，想摘幾串葡萄吃。唉，要是他沒這麼做就好了！

才剛碰到葡萄藤，就聽到喀一聲，他的兩腿忽然被銳利的金屬夾住，痛得眼冒金星。

由於當地一些大黃鼠狼會去雞舍裡偷東西吃，有個農夫設了陷阱要來抓他們，沒想到卻不小心抓住可憐的小木偶。

21

....

皮諾丘開始大哭，求誰來放他走，卻一點用處也沒有，因為
附近沒有住戶，路上連個鬼影子都沒看見。

天黑了。

一部分是因為陷阱讓他的小腿非常疼痛，一部分是因為自己
單獨待在黑漆漆的田裡很可怕，小木偶快要暈倒了。就在這個時
候，他看見一隻螢火蟲從頭上飛過，於是出聲叫她，說：「噢，
小小螢火蟲，可不可以請妳大發慈悲，救我出來？」

「可憐的孩子！」螢火蟲一臉同情地看著他，頓了一下才
問：「你的腳是怎麼被那個銳利的陷阱給夾住的啊？」

「我跑進田裡想摘兩串葡萄，結果……」

「那些葡萄是你種的嗎？」

「不是。」

「是誰教你可以亂拿別人的東西？」

「因為我餓了。」

「孩子啊，就算再餓，也不可以用來當作偷拿別人東西的藉

口。」

「好啦，好啦，」皮諾丘哭著大叫：「我以後再也不敢了。」

他們的談話被一陣越來越近的腳步聲打斷。是這塊地的主人，他悄悄地靠近，想看看自己設下的陷阱是不是抓到那些夜裡偷吃雞的黃鼠狼。

農夫從大衣裡把提燈拿出來一照，發現照到的不是黃鼠狼，而是一個小男孩時，嚇了一大跳。

「好啊，你這個小小偷！」氣炸了的農夫說。「原來偷雞的人是你！」

「不是我，不是我啦！」皮諾丘又哭又叫。「我只是想來摘幾串葡萄而已！」

「會偷葡萄的人肯定會偷雞。我要給你一頓教訓，叫你牢牢記住不可以幹壞事。」

鬆開陷阱以後，農夫抓住皮諾丘，就像抓一隻還沒斷奶的小羊那樣把他帶回家。

回到家以後，農夫把皮諾丘扔在地上，一腳踩住他的脖子說：「時候不早了，我要去睡了，明天再來看要怎麼修理你。我的看門狗今天死了，你剛好可以代替他來幫我顧門。」

話一說完，農夫就把綴有銅刺的大項圈穿過皮諾丘的脖子，將項圈束緊，再把項圈接到一條長長的鐵鍊上，鐵鍊的另一頭則固定在牆上。

「要是下雨，」農夫說：「你可以躺在那間木造的狗屋裡，我那隻可憐的狗睡了四年的稻草還放在裡面。記住，注意聽看看有沒有小偷的動靜。如果有聽到的話，記得要學狗叫通知我。」

　　吩咐完以後，農夫走進屋裡，把門鎖上，留下可憐的皮諾丘獨自蹲在前院。他又冷又餓又害怕，半死不活。由於項圈緊緊地勒住了喉嚨，他每隔一段時間就會生氣地動手去拉，邊哭邊說：「我活該！唉，是我活該！是我自己成天無所事事、遊手好閒，聽了壞朋友的話，霉運才會一直跟著我。要是我跟那些乖小孩一樣；要是我乖乖去上學、工作；要是我待在家裡陪可憐的爸爸，今天就不會落到這樣的下場，在這片田野之間，在一個農夫家門外當看門狗。唉，要是一切可以重來就好了！現在已經太遲了，但是我一定要忍耐！」

　　情緒抒發完以後，他爬進狗屋，進入夢鄉。

22

　　他沉沉地睡了兩個多小時。午夜時，被窸窸窣窣的怪聲吵醒。聽起來像是有人在前院低聲說話。他把頭探出狗屋一看，發現是四隻毛色暗沉的動物在討論。雖然長得有點像貓，可是不是貓，而是一種叫做黃鼠狼的肉食動物，最愛吃雞蛋和小母雞。其中一隻黃鼠狼從同伴身邊離開，來到狗屋門口說：「晚安啊，泰瑞西亞。」

　　「我的名字不叫泰瑞西亞。」小木偶回答。

　　「那你叫什麼名字？」

　　「我叫皮諾丘。」

　　「你待在狗屋裡面做什麼？」

　　「當看門狗。」

　　「泰瑞西亞跑哪裡去了？那隻原本住在這間狗屋的老狗去哪裡了？」

　　「他今天早上死掉了。」

　　「死了？可憐啊！他真是條好狗！不過，我看你的長相，應

該也是性情溫和的好狗。」

「對不起，我不是狗！」

「那你是什麼？」

「我是一個木偶。」

「那你是在扮看門狗嘍？」

「很不幸，這是我做壞事的懲罰。」

「好吧，那就比照已故的泰瑞西亞，我來跟你商量一下，條件包你滿意。」

「怎麼樣的商量？」

「就跟以前一樣，我們一個禮拜會來一次，一次會帶走八隻母雞。八隻裡面七隻歸我們，一隻歸你。當然，前提是你得假裝睡著，不能汪汪叫，把農夫吵醒。」

「泰瑞西亞以前都是這麼做的嗎？」皮諾丘問。

「對啊，所以我們跟他處得很好。好啦，你現在可以安心去睡覺了。離開以前，我們會在狗屋外面留一隻拔光毛的鮮嫩母雞給你當早餐。這樣你懂了嗎？」

「我懂！」皮諾丘邊回答邊大力點頭，有點像威脅似的說：我們走著瞧！

四隻黃鼠狼一看沒問題了，直接往狗屋後面的雞舍走去。他們用爪子和牙齒把入口的小木門打開，溜了進去。最後一隻黃鼠狼才剛進去，就聽見背後的門砰的一聲關了起來。

關門的人是皮諾丘。只關上門還不夠，為了以防萬一，還用

一顆大石頭把門堵住。

　　接著他開始學狗叫，而且叫聲跟真的看門狗沒兩樣：汪，汪，汪，汪。

　　聽見皮諾丘的叫聲，農夫跳下床，握住來福槍，把頭探出窗外。

　　「怎麼啦？」他問。

　　「小偷來了！」皮諾丘回答。

　　「他們在哪裡？」

　　「在雞舍裡。」

　　「我立刻過去。」

　　農夫跑到外面的速度比說一聲「阿門」還快。他衝進雞舍，抓住四隻黃鼠狼，把他們都塞進布袋裡，開心地說：「終於落到我的手裡啦！我大可以重重處罰你們，但我可沒這麼壞！逮到你們我就心滿意足了。明天，我會把你們帶去給隔壁鎮的旅店老闆，他會剝下你們的皮，像煮兔子一樣把你們做成一道酸甜黃鼠狼。其實你們根本不配得到這麼好的待遇，不過因為我心胸寬大，願意麻煩點幫你們這個忙！」

　　接著，他走向皮諾丘，給他一個大大的擁抱，問他：「你是怎麼發現這四個小偷的計謀的？畢竟泰瑞西亞，我那忠心的泰瑞西亞，從來沒有捉到他們！」

　　小木偶當然可以把知道的一切都據實以告，他大可以把那條老狗跟黃鼠狼之間的無恥協定抖出來。但一想到那條狗已經死

了，他想：「狗已經死了，又何必打他的小報告呢？逝者已矣，就讓他好好安息吧！」

「黃鼠狼來到前院的時候，你是醒著還是已經睡著了？」農夫問他。

「我本來已經睡著了，」皮諾丘回答，「可是黃鼠狼吱吱喳喳的說話聲把我吵醒了。其中一隻黃鼠狼走到狗屋旁對我說：『如果你答應不汪汪叫，不吵醒你的主人的話，我們會送你一隻拔光毛的鮮嫩母雞！』他們居然跟我提出這麼無恥的提議。雖然我是個木偶，雖然我有一大堆缺點，可是我絕對不會跟那些壞蛋同流合汙！」

「好孩子！」農夫拍了拍他的肩膀說：「這種想法對你有好處。很感謝你幫了我一個大忙，我馬上放了你，讓你回家。」說完便把項圈拿掉了。

23

脖子上那個硬邦邦又羞死人的項圈一拿掉，皮諾丘立刻衝過原野，一步也不停地跑向通往仙女的小屋的路上。

他從山丘往平地看，清楚地看見以前碰到狐狸跟貓的那座森林，看到那棵比其他樹都還要高聳、自己曾被吊在上面的那棵大橡樹。但左看右看，卻怎麼也看不到美麗的藍髮女孩住的那棟小屋。

他忽然有股很不祥的預感，奮力往下跑，來到一塊空地，這裡就是以前仙女住的白色小屋的所在。但那幢白色小屋已經不見了，只看到地上豎著大理石板，上面刻了幾行叫人傷心的字：

這兒躺著的是
藍髮女孩
她因為弟弟皮諾丘
丟下她不管
傷心而死

勉強讀完這些文字以後，皮諾丘非常非常難受。他趴在地上，不停地親吻那塊墓碑，兩眼滿是淚水。他哭了一整晚，直到隔天太陽出來了依然在哭，只不過卻再也哭不出眼淚。他哀號、哭叫的聲音十分悲傷，直入人心，而回音也不斷從四周的山丘傳回來。

　　他邊哭邊說：「噢，小仙女，明明妳這麼善良，我這麼愚蠢，死的卻是妳而不是我，我爸爸又在哪裡呢？噢，小仙女，求求妳告訴我，妳還活著！如果妳真的這麼愛我這個弟弟，那就起死回生，回到妳從前的模樣吧！看到我這樣一個人孤苦伶仃，妳不難過嗎？如果殺人犯出現，他們又會把我吊到樹枝上，到時候我就真的沒辦法再活命了。我一個人在這個世界上要怎麼辦？失去妳跟爸爸以後，誰還會給我東西吃？我晚上要睡在哪裡？誰會幫我做新夾克？噢，要是我也死了就好了，至少會比現在好上一百倍！沒錯，我也要去死！嗚……嗚……嗚……」

　　皮諾丘難過得想用力扯自己的頭髮，但因為頭髮是木頭做的，連手指都伸不進去。

　　就在這時候，一隻大鴿子出現。他張大翅膀，盤旋在皮諾丘頭上，從很高的地方大喊：「孩子，告訴我，你在那底下幹什麼啊？」

　　「你看不出來嗎？我在哭啊！」皮諾丘說。他抬起頭看說話的人是誰，同時用袖子擦眼睛。

　　「嘿，」鴿子繼續說：「你該不會碰巧認識一個叫做皮諾丘

的木偶吧？」

「皮諾丘？你剛剛說的是皮諾丘嗎？」小木偶重複了鴿子的話，跳了起來。「我就是皮諾丘！」

一聽他這麼說，鴿子立刻飛了下來，降落在地面上。這隻鴿子的體型比火雞還大。

「那你一定也認識傑佩托嘍！」

「豈止認識，他是我可憐的爸爸啊！他有跟你提過我嗎？你可以帶我去找他嗎？他還活著嗎？求求你跟我說，他到底是不是還活著？」

「我三天前在海邊看過他。」

「他去那裡做什麼？」

「他正在造一艘小船，想藉此渡海。為了找你，他花了超過四個月的時間跑遍世界各地。因為到處都找不到你，他打算到遙遠的國度繼續找。」

「從這裡到海邊有多遠？」皮諾丘著急地問。

「超過一千公里。」

「一千公里？天啊，親愛的鴿子，要是我跟你一樣有翅膀就好了！」

「如果你想去的話，我可以載你過去。」

「怎麼載？」

「你可以騎在我背上。你重不重？」

「重？才不呢！我跟羽毛一樣輕。」

就這樣，皮諾丘跳上了鴿子的背，就像騎馬一樣，跨坐在鴿子身上，同時高興地大喊：「小小馬兒快快跑，我急著要趕路！」

　　鴿子起飛，一下子就飛到高空，都快可以碰到雲朵了。

　　由於飛到很高很高的地方，小木偶禁不住好奇往下看，結果嚇得頭暈目眩，緊緊抱住鴿子的脖子，怕掉下去。

　　他們飛了一整天。快到晚上的時候，鴿子說：「我渴死了啦！」

　　「我快餓死了。」皮諾丘也說。

　　「我們在這間鴿舍休息幾分鐘後再出發，明天早上就可以到海邊了。」

　　他們在廢棄的鴿舍裡找到一碗滿滿的水跟一籃堆得高高的豌豆。

　　小木偶過去一直都很討厭吃豌豆，他說這種豆子會讓他反胃又肚子疼。但那天晚上，他吃到肚子都快撐破才罷休。快吃飽的時候，他轉頭對鴿子說：「沒想到豌豆這麼好吃！」

　　「孩子，你要知道，」鴿子回答他：「當你餓到沒其他東西可以吃的時候，豌豆也會變得美味可口！飢餓會讓你忘記挑嘴跟貪心。」

　　他們快速飽餐一頓後又上路，隔天早上就抵達了海邊。

　　鴿子讓皮諾丘下去以後立刻飛走，消失在天際。雖然做了好事，但他並不在意小木偶是否跟他道謝。

海灘上擠滿了人。他們都望著海邊大叫，同時不停比手畫腳。

　　「發生什麼事了？」皮諾丘問一名矮小的老婦人。

　　「事情是這樣的。一個孩子不見了的可憐父親，決定要划船渡海去另一邊的國度找孩子。但今天的海面風不平浪不靜，小船眼看就要翻了。」

　　「船在哪裡？」

　　「就在我手指頭指的地方。」老婦人指著一艘小船。因為距離遙遠，小船看起來就像胡桃的殼一樣，裡頭則坐著一個很小很小的人。

　　仔細地朝那個方向看了一陣子以後，皮諾丘放聲尖叫：「那是我爸爸！那是我爸爸！」

　　此時，那艘不停遭洶湧的大海襲擊的小船，一下子消失在兩道巨大的海浪之間，一下子又被推上了浪頭。站在一塊高聳的大石頭上的皮諾丘不停對爸爸大喊或做手勢。不只是雙手，連手帕和帽子都用上了。

　　而雖然距離岸邊很遠，傑佩托似乎認出了自己的兒子，因為他也脫下了帽子開始揮舞，表示他也很想回到岸上，只是海浪實在太大，沒辦法划回岸邊。

　　突然出現一道驚濤駭浪，小船就這麼消失了。每個人都期盼小船會再出現，卻什麼也沒看見。

　　「可憐的人。」聚集在岸邊的漁夫們低聲為傑佩托禱告以

後，轉身準備回家。卻聽見一聲淒厲的大喊，回過頭，看見一個小男孩從一塊高聳的岩石上往海裡跳，嘴裡大叫：「我要救我爸爸！」

由於皮諾丘渾身上下都是木頭做的，能夠輕而易舉地漂浮在水面上，游得像魚一樣快。人們看著他往前游，一下子被浪捲到了海底，一下子又出現一隻手臂或一條腿，游到離岸邊很遠很遠的地方。最後，再也看不到他的身影。

「可憐的孩子。」聚集在岸邊的漁夫們低聲為皮諾丘禱告以後，就各自回家了。

24

　　皮諾丘因為怕來不及救他那可憐的父親，整個晚上都在游泳。那可真是個可怕的夜晚啊！大雨、冰雹從天而降，天空不停打雷，陣陣閃電劃過，將夜空照得有如白晝。

　　黎明時分，他看見一片狹長的土地。那是大海中央的一座小島。

　　他盡全力想游上岸，卻徒勞無功。一波又一波的海浪不停打下來，將他像稻草似的甩來甩去。最後，一陣又大又猛的浪幸運地把他捲起，拋到沙灘上。

　　他用力地撞到地上，撞得每一根肋骨及渾身上下的關節都咔啦咔啦響，不過他很快就安慰自己：「我又一次死裡逃生了！」

　　此時，烏雲慢慢散開，閃閃發亮的太陽也露出臉來，海面變得像湖水一樣的平靜、溫和。

　　躺在地上讓太陽把衣服曬乾以後，小木偶開始四下張望，希望在一望無際的大海中看見那艘載著小小人影的小船。但不管再怎麼努力，只能看見天空、大海，以及遠方幾艘看起來跟蒼蠅差

不多大小的船隻。

「我希望自己至少能知道這座島嶼叫什麼名字！」他說。「我希望自己至少能知道這座島上是不是住著守規矩的人，也就是說，希望島上的人沒有把孩子吊到樹上的習慣！可是又能問誰呢？附近還有其他人嗎？」

一想到自己孤單待在一座無人島上，小木偶難過得想流眼淚。此時，他看見距離海岸不遠的地方，有一隻巨大的魚安靜地游過，整顆頭都浮在水面上。

由於不知道那隻魚叫什麼名字，小木偶大喊：「嘿，魚先生，可以跟你說句話嗎？」

「如果你想要的話，兩句也沒問題。」魚回答。那是隻海豚，而且是世界上最和善的一隻。

「你可不可以好心地告訴我，這座島上哪裡有村莊。我想要找點東西吃，但不想被吃掉。」

「當然有，」海豚回答。「事實上，前面不遠的地方就有一個村莊。」

「我要走哪條路過去？」

「從左邊一直往前走，就會看到了。」

「再請問一個問題。因為你日日夜夜都在海裡游來游去，不知道你有沒有看到一艘小船，我爸爸就坐在那艘船上。」

「你爸爸是誰啊？」

「他是全世界最好的爸爸，而我則是全世界最壞的兒子。」

「昨晚的暴風雨很強，」海豚回答：「那艘小船一定沉沒了。」

「那我爸爸呢？」

「幾天前，一隻可怕的鯊魚來到這一帶的海域。他不停地吞掉各種動物，為我們帶來很多不幸。我看你爸爸很有可能已經被這隻鯊魚吃掉了。」

「這隻鯊魚很大嗎？」嚇得發抖的皮諾丘問。

「豈止是大！」海豚回答。「我形容一下好了。他比一棟五層樓的房子還大，嘴巴又寬又深，吞下一整輛蒸汽火車絕對沒問題。」

「我的天啊！」小木偶害怕地大叫。他趕緊穿上衣服，轉身對海豚說：「再會了，魚先生。抱歉打擾你了，非常感謝你好心告訴我這麼多事情。」

說完這句話以後，筆直走向海豚說的那條路，並開始快步往前走，速度快到彷彿用跑的。只要一聽見任何動靜，就立刻轉頭，生怕那隻身體有五層樓長、嘴巴裡有一輛火車的可怕鯊魚跟在背後。

超過半小時以後，他來到一個叫做勤勞蜂的小村莊。街道上擠滿了人，大家都在趕路，每個人都在工作，都有事情要忙。就像用放大鏡去找，也找不到一個懶惰鬼或是遊手好閒的人。

「看來，」懶惰的皮諾丘心想：「這個地方不適合我。我可不是生來工作的！」

他餓壞了，小木偶已經超過二十四小時沒有吃任何東西，連一碗野豌豆都沒得吃。

該怎麼辦呢？

他只想到兩個辦法：一個是希望別人給他點事做，二是跟別人乞討一點錢或麵包。

他不好意思當乞丐，因為父親經常告誡他，只有老人或是生病的人才有乞討的權利。在這個世界上，真的需要別人幫助跟憐憫的可憐人，是那些年紀太大或生重病而沒辦法工作的人，其他人都應該工作養活自己。如果這些人選擇不工作而挨餓的話，是他們活該。

此時，一個渾身是汗、氣喘吁吁的男人獨自費力地拉著兩輛載滿煤炭的手拉車，腳步沉重地沿著道路往前走。

皮諾丘看這個人滿和藹可親的，就走了過去，不好意思地說：「好心的大爺，可以請你賞我一分錢嗎？我快餓死了。」

「我不止給你一分錢，」煤炭商回答說：「如果你幫我把這兩輛運煤車拉回我家的話，我給你四分錢。」

「這是什麼話嘛！」小木偶一臉被人侮辱的樣子。「我不是驢子，才不幫人拉車咧！」

「隨便你！」煤炭商說。「孩子，如果你真的快餓死了，就把你的驕傲切成大片來吃吧，小心別消化不良啊。」

幾分鐘以後，一個肩上扛著一盆砂的砌磚工人走過。

「好心的大爺，可不可以請你賞一分錢給一個可憐的小男

孩？我已經餓到嘴巴都合不起來了。」

「太好了，」砌磚工說：「幫我扛這盆砂。不止一分錢，我給你五分錢。」

「可是砂很重，」皮諾丘回答：「我不想做這麼累人的工作。」

「孩子，如果你怕累的話，那就繼續張大嘴巴，希望你能從中找到樂趣。」

不到半個小時，又走過二十個人，皮諾丘跟每一個路過的人乞討，但他們全部都回答：「你不覺得丟臉嗎？與其在大街上無所事事，還不如去工作，賺錢養活自己！」

最後來了一個女人。她身材矮小，臉色和善，手裡提了兩壺水。

「好心的女士，可以賞我一點水喝嗎？」飢渴難耐的皮諾丘說。

「孩子，快喝吧！」矮小的女人邊說邊把兩個水壺放在地上。

在像海綿似的牛飲之後，皮諾丘擦了擦嘴，咕噥說：「我已經撲滅了對水的渴望了！要是對食物的渴望也能這麼容易解決就好了！」

聽見這些話以後，好心的女人立刻說：「如果你幫我扛一壺水回家的話，我就給你一塊好吃的麵包。」

皮諾丘看著水壺，但沒說好或不好。

「除了麵包以外，我還會給你一盤好吃的花椰菜。」

皮諾丘又看了一眼水壺，沒說好或不好。

「除了花椰菜以外，我還會給你一塊好吃的糖，裡面還夾了甜甜的玫瑰醬喔。」

皮諾丘抵抗不了最後這道甜點的誘惑，果斷地說：「好吧！我幫妳把水提回家！」

水壺很重，小木偶拿不動，只好頂在頭上。

到她家以後，好心的女人讓皮諾丘在一張擺好餐巾的小桌旁坐下，然後把麵包、淋上油醋醬的花椰菜，還有糖果都端到他的面前。

皮諾丘不是用吃的，而是用吞的。他的胃就像一間五個月沒有人住的公寓一樣空蕩蕩的。

強烈的飢餓感逐漸消退後，他抬起頭來感謝恩人。但一看到她的臉，就吃驚得「啊啊啊！」地叫了出來。他一動也不動地坐在原位，兩眼張得大大的，叉子停在半空中，嘴巴裡塞滿了麵包跟花椰菜。

「怎麼啦？驚訝成這樣。」好心的女人笑著問。

「因為，」皮諾丘結結巴巴地說：「因為……因為……妳長得很像……妳讓我想起了……對，對，對，聲音也一樣……眼睛也一樣……頭髮也一樣……對，對，對……妳也有天藍色的頭髮，就跟她一樣！我的小仙女！噢，我的小仙女！告訴我就是妳對不對，真的是妳！不要再害我哭了！要是妳知道我當時哭得有

多慘就好了，要是妳知道我當時有多痛苦就好了！」

　　皮諾丘邊說邊大哭。他跪在地上，用兩手環抱住那個神祕的女人的膝蓋。

25

....

　一開始，好心的女人沒打算承認自己就是藍髮小仙女，知道小木偶發現以後，她決定坦白承認，對皮諾丘說：「你這個調皮的小木偶！你是怎麼看出來的？」

　「我太愛妳了，是我的愛告訴我的。」

　「你還記得吧，你離開的時候，我還是個女孩，現在我已經是個女人，年紀大到都快可以當你的母親了。」

　「那就更好了，因為從現在起，我就不需要叫妳姊姊，而是叫妳媽媽了。我就跟其他的孩子一樣，一直想要一個媽媽！但妳為什麼可以長得這麼快？」

　「那是我的祕密。」

　「跟我說嘛。我也想要長大一點。妳看，我又矮又小的。」

　「可是你不會長大。」仙女回答他。

　「為什麼？」

　「因為木偶永遠也不會長大。他們生來是木偶，活著是木偶，死了還是木偶。」

「唉，我不想再當個木偶了！」皮諾丘大叫，一邊拍打自己的額頭。「我也是時候該長大了。」

「如果照我說的去做，你就會變成人。」

「真的嗎？那我要做什麼？」

「很簡單，你得練習當個乖孩子。」

「可是我不是已經很乖了嗎？」

「你一點也不乖！乖孩子都很聽話，而你正好相反……」

「我從來不肯聽話。」

「乖孩子喜歡念書，喜歡工作，可是你……」

「我總是無所事事、四處閒晃。」

「乖孩子只說實話……」

「可是我專門撒謊。」

「乖孩子喜歡上學……」

「一想到學校我胃就痛。不過從現在開始，我要改變自己。」

「你願意答應我嗎？」

「我答應妳。我想成為乖孩子，我想讓爸爸放心。可憐的爸爸現在不知道在哪裡？」

「我也不知道。」

「我有辦法再看到他、再抱抱他嗎？」

「我想應該可以吧。嗯，你一定會再見到他的。」

聽到仙女這麼說，皮諾丘很高興，他開心得抓住仙女的手猛

親，然後抬起頭看著她，眼神裡充滿愛，同時問：「這麼說來，親愛的母親，妳那時候不是真的死掉囉？」

「看來不是。」仙女笑著回答。

「妳不知道當我讀到墓碑上寫著『這兒躺著的是⋯⋯』時，心裡有多痛苦，多難受。」

「我知道，所以我才會原諒你。就因為你真的很傷心，我才知道你心地其實是善良的。心地善良的孩子就算有些調皮、有些壞習慣，還是有希望的。我的意思是說，他們還是有機會改過自新。這就是為什麼我會大老遠跑來這裡找你。我會當你的媽媽⋯⋯」

「哇，太棒了！」皮諾丘大叫，高興得跳了起來。

「可是你要聽我的話，我叫你做什麼你就要去做⋯⋯」

「好！好！好！」

「明天開始，」仙女繼續說：「你要開始去上學⋯⋯」

皮諾丘忽然不那麼開心了。

「然後你得去學一種你喜歡的謀生技能⋯⋯」

皮諾丘的臉色變得很凝重。

「你嘟嘟噥噥的在說什麼啊？」仙女生氣地問。

「我是說，」小木偶抱怨地說：「我都這麼大了，去上學好像有點太晚了。」

「才沒有這種事呢。要記住，學習永遠不嫌晚，自我教育永遠不嫌遲。」

「可是我不想學任何謀生技藝。」

「為什麼？」

「因為感覺工作好累喔。」

「親愛的孩子，」仙女說：「說這種話的人到頭來大部分不是住進救濟院，就是被關進監獄裡。你要知道，不管生來富有還是貧窮，世界上每個人都得找點事情去做。大家都得工作，找事情來忙。懶惰的人只會遭殃！懶惰是一種可怕的疾病，一定要在小時候即早發現，即早治療。等他們長大後想補救都來不及了。」

那些話打動了皮諾丘。他抬起頭對仙女說：「我會去上學，我會去工作，妳交代的任何事情我都會去做，因為我已經厭倦再當個木偶了，不管付出什麼樣的代價，我都想成為一個真正的小男孩。妳答應過我，只要我乖乖的，就會把我變成小男孩，對不對？」

「我的確說過，不過接下來就要看你自己的表現了。」

26

第二天，皮諾丘到當地的學校去上學。

想像一下，當那些調皮搗蛋的小孩看見一個木偶到學校時，會有多麼的驚訝！他們笑個不停，不停地捉弄他。一個人拿他的帽子，另一個人從背後拉他的小夾克，還有人想用墨水在他的鼻子底下畫大大的鬍子，甚至有人想用繩子綁住他的手腳，逼他跳舞。

皮諾丘一度沉著應對，保持距離，最後終於忍不住，轉過頭嚴肅地對那幾個不停騷擾、笑他的人說：「孩子們，注意點，我可不是來學校逗你們開心的。我尊重別人，也希望別人能夠尊重我。」

「唷！你這傻瓜還會說好聽話，講話跟書呆子一樣！」那些搗蛋鬼大吼大叫，笑得都快從椅子上跌下去了。其中最調皮的一個還伸出手，想要拉小木偶的鼻子。

但他的動作太慢了，皮諾丘的腳早一步往前一伸，踢到對方的小腿。

「唉唷！他的腳好硬喔！」男孩大叫，揉著被小木偶踢出來的瘀青。

「唉唷！他的手肘比腳還硬咧！」另一個人因為捉弄皮諾丘，而被小木偶用手肘頂了肚子。

給他們吃上這麼一踢跟一個拐子之後，皮諾丘很快就獲得全校男孩的尊敬跟愛戴。他們都真心喜歡上他，開始跟他變成好朋友。

就連學校的老師也誇獎他。因為他們發現皮諾丘不僅上課認真、用功念書，腦袋也很聰明，而且總是第一個到學校，最後一個離開。

他唯一的缺點就是朋友太多，其中有幾個還是眾所周知的壞學生。這些人不喜歡念書，只會惹是生非。

老師每天都會警告他，連善良的仙女也一再跟他說：「小心啊，皮諾丘！那些壞同學早晚會害你不想念書，而且很可能會讓你惹上大麻煩。」

「別擔心！」小木偶回答的時候邊聳肩邊點著自己的額頭，彷彿在說：「我的腦袋是很精明的！」

有一天，小木偶要去上學的時候，剛好碰見那群壞朋友。他們朝小木偶走去，說：「你聽到那個大消息沒有？」

「沒有耶。」

「一隻跟山一樣大的鯊魚出現在附近的海域耶。」

「真的嗎？」

「我們要去海灘看這隻鯊魚，要一起來嗎？」

「不要，我要去上學。」

「上學幹嘛，明天再去就好。就算多上一天或少上一天課，還不都同樣是傻瓜。」

「老師罵人的話怎麼辦？」

「管他怎麼講，隨便他。他的職責本來就是嘮叨。」

「我媽問起來的話怎麼辦？」

「做媽媽的什麼都不知道。」那些壞學生說。

「這樣吧，」皮諾丘說。「我的確有想要去看那隻鯊魚的理由，可是我等放學後再去看就好。」

「真笨耶你！」其中一個壞學生反駁他。「那麼大的一條魚，你還真的以為他會在那裡等你啊，等在這附近游膩了，他就會拖著笨重的身體游到其他地方，你就再也看不到他了。」

「從這裡走到海灘要多久？」小木偶問。

「來回一個小時就夠了。」

「那就走吧！跑最後一名的是臭雞蛋！」

一聽到這句話，那群壞學生把課本和筆記本用手臂夾緊，邁開大步跑過田野。皮諾丘就像腳上長了翅膀，總是跑在第一個位置。

每隔一段時間，他就會回頭嘲笑那些距離自己很遠的人。一看見他們氣喘吁吁、滿身沙塵、舌頭吐出來，就會開懷大笑。可憐的皮諾丘，此刻的他，完全不知道眼前有多可怕的事情和多大的麻煩在等著他！

27

一跑到海邊，皮諾丘左看右看，卻沒有看到鯊魚。海面就像鏡子一樣平靜。

「鯊魚在哪裡？」他轉頭問那些朋友。

「說不定是去吃早餐了。」其中一個同伴笑著回答。

「或者跑回去睡回籠覺了。」另一個笑得更大聲。

一聽到他們鬼扯跟哈哈大笑的神情，皮諾丘就知道這些壞朋友跟他開了一個殘忍的玩笑。皮諾丘心裡很受傷，生氣地對他們說：「現在怎麼樣？撒謊騙我說鯊魚來了，你們又能得到什麼？」

「我們得到了很多東西啊！」那群壞學生異口同聲地回答。

「比如說？」

「我們讓你蹺課，讓你跟著我們跑到海邊來啦。你每天都那麼準時去上課，又那麼認真聽課，不覺得很丟臉嗎？學習到那麼多知識，不覺得自己很可恥嗎？」

「我上不上課跟你們又有什麼關係？」

「關係可大了。因為你，老師都覺得我們很壞。」

「為什麼？」

「因為相較於認真學習的孩子，我們這些不想上課的孩子就是壞孩子。我們也不想當壞孩子，我們也有我們的自尊。」

「那我要怎麼做你們才會開心？」

「你得跟我們一樣，踢開我們的三個大敵：學校、課程，還有老師。」

「如果我想繼續上課呢？」

「那我們就跟你一刀兩斷，而且一有機會就會去找你麻煩！」

「老實說，你們講的話真的很可笑。」皮諾丘搖搖頭說。

「嘿，皮諾丘！」塊頭最大的那幾個孩子大吼，同時朝他走過來。「你最好少在那邊逞英雄，少在那邊得意！或許你不怕我們，可是我們也不怕你！而且別忘了，你可是單槍匹馬，我們有七個人呢。」

「七個，數量剛好跟人類的惡行一樣多³。」皮諾丘邊說邊笑。

「你有聽到嗎？他羞辱了我們每一個人！他居然說我們是七大罪行！」

「皮諾丘，你最好趕快道歉，不然你就完蛋了！」

「噠啦啦啦！」皮諾丘做鬼臉嘲笑他們。

「皮諾丘！你死定了！」

「嗒啦啦啦！」

「我們要打得你滿地滾！」

「嗒啦啦啦！」

「我們要打斷你的鼻子才讓你回家！」

「嗒啦啦啦！」

「看你還能囂張多久！」最強壯的那個孩子大吼。「我先賞你一拳，接下來的幾拳留給你當晚餐吃！」

話剛說完，他就朝皮諾丘的頭揮了一拳。

但就像成語說的「以牙還牙」，小木偶當然也回擊對方。兩邊人馬就這樣你一拳我一拳，展開一場激烈的戰鬥。

雖然皮諾丘單打獨鬥，但他英勇奮戰，善用堅硬如石的一雙木腿抗敵，逼得那些壞孩子不敢靠近，因為只要被他的腳踢到都會瘀青。

由於近戰不利，那些壞孩子決定改採遠距離攻擊。他們把一捆捆課本上面打的結鬆開，裡面有拼字、文法課本、托爾索寫的《熱門故事集》、巴齊尼寫的《小雞回憶錄》、一個叫柯洛迪的人寫的幾本書，以及其他書，然後開始把這些書都朝皮諾丘丟過去。但小木偶視力好、反應快，總是能躲開迎面而來的書本，使得每一本書都從他的頭上飛過後掉落海裡。

想想海裡的那些魚吧！一大群魚還以為這些書是什麼好吃的東西，紛紛游到了海面。在淺嘗了幾頁書跟標題頁前面的圖畫以後，立刻把嘴裡的東西都吐了出來，同時做了鬼臉，就好像在

說：「這玩意兒也太難吃了，我們平常吃的比這些好吃多啦！」

孩子們打得越來越厲害，有隻大螃蟹在此時非常緩慢地爬出水面，爬上海灘，用難聽得像是得了重感冒的伸縮喇叭的聲音大喊：「別打啦，你們這群無可救藥的野孩子！小男孩之間打架向來都不會有好下場。結果一定會是一場大災難！」

可憐的螃蟹！簡直就是對牛彈琴。淘氣的皮諾丘生氣地瞪著螃蟹，粗魯地對他說：「閉嘴！你這隻討人厭的螃蟹，快滾開，去吃點潤喉糖，要不就回家睡覺，多流點汗感冒才會好！」

此時，壞孩子們已經把書都丟完了。他們看到小木偶的課本就擺在一旁，馬上跑過去拿。

在這些書裡面，有一本叫做《數學概論》，外殼又厚又硬，書背和邊角還用皮革補強。可以想像這本書有多厚重了吧！

一個壞學生拿起這本書，瞄準皮諾丘的頭，使盡吃奶之力丟過去，卻沒丟中，反而打到另一個學生的頭，他的臉馬上變得跟洗乾淨的床單一樣白。昏倒在沙灘之前，他說：「媽媽，快來救我，我要死了。」

一發現那個男孩像死了一樣躺在地上，其他的壞學生都嚇得趕快逃走，一眨眼就不見人影。

皮諾丘留了下來。雖然他又難過又害怕，整個人無精打采，仍強打起精神，把手帕放在海水裡沾溼，蓋在那位可憐的同學的太陽穴上。皮諾丘哭了起來，絕望地喊叫出這個同學的名字：「尤金尼歐！可憐的尤金尼歐！張開雙眼看看我啊！為什麼不回

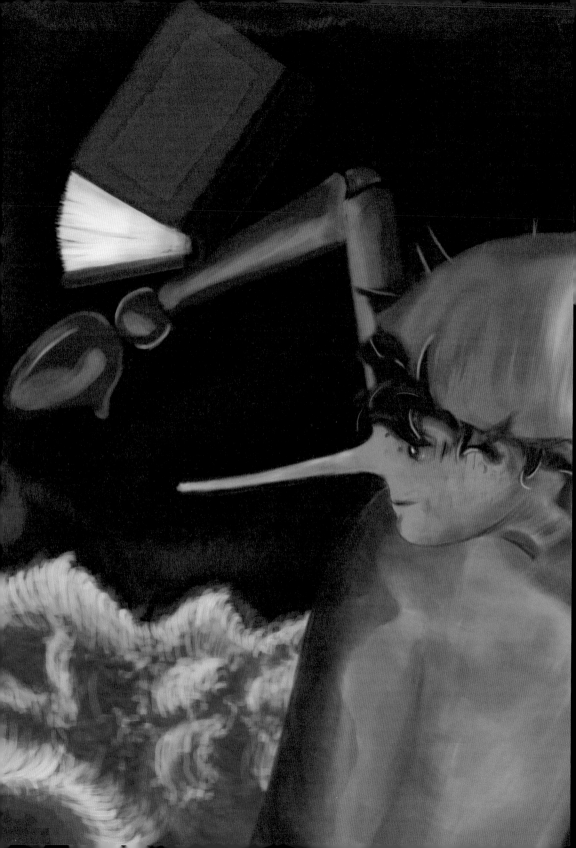

答我？害你受傷的人不是我，相信我，不是我幹的！張開眼睛啊，尤金尼歐！要是你的眼睛一直不張開的話，會把我也嚇死的！噢，天啊！我現在怎麼還敢回家？怎麼面對我那善良的媽媽？我該怎麼辦？我該逃去哪裡？我該躲在哪裡？唉，要是今天乖乖去上學就好了！去上學遠比遇到這種事情好多了，好一千倍以上！為什麼我要聽從那些只會給我帶來麻煩的同學講的話呢！就連老師也叫我不要跟他們來往！媽媽也一遍又一遍地跟我說：『小心你那些壞朋友！』但我頑固又不聽話。我總是把他們的話當作耳邊風，自己愛幹嘛就幹嘛！現在我要付出代價了。因為這麼頑固，我這輩子從來沒有擁有十五分鐘的平靜。天啊！我會有怎麼樣的下場，會有什麼樣的下場啊！」

皮諾丘邊大哭地打自己的頭，一邊大喊可憐的尤金尼歐的名字。忽然間，聽到有兩個腳步聲靠近。

他轉身，眼前站著兩個警察。

「你為什麼要跪在地上？」

「我在照顧我同學。」

「他生病了嗎？」

「可能是吧。」

「他不是生病！」其中一個警察彎下腰近看尤金尼歐以後說。「這個男孩的太陽穴受傷了。是誰害他受傷的？」

「不是我！」小木偶趕快回答，他緊張得無法呼吸。

「如果不是你，是誰做的？」

「不是我！」皮諾丘又說了一次。

「他是怎麼受傷的？」

「被這本書打到頭。」

「這本書是誰的？」

「我的。」

「夠了，我們不需要知道其他事情了。起來，跟我們走。」

「可是我……」

「跟我們走！」

「我是無辜的……」

「跟我們走！」

離開之前，有幾個漁夫剛好從一旁經過，警察對他們說：「這個男孩的頭受傷了，麻煩你們幫個忙，帶他回去，好好照顧他。我們明天會過去看他。」

接著，又轉身用嚴厲的口氣命令皮諾丘：「往前走！走快一點！不然你就完蛋了！」

皮諾丘乖乖地往城鎮走去。可憐的他腦袋一團亂。他覺得自己一定是在作夢，好可怕的夢！他抽離身體，看見的東西都變成了兩個。他的兩腿搖搖晃晃，舌頭黏住上顎，一個字也說不出來。

然而，雖然神智恍惚又混亂，卻有一件事深深地刺著他的心：想到要在警察的押送下從善良仙女家的窗外走過，就恨不得自己死了算了。

他們走到城鎮的邊境，正準備要進去時，忽然吹來一陣強風，把皮諾丘的帽子颳到十步以外。

「可以讓我去撿帽子嗎？」小木偶問警察。

「去吧，動作快一點。」

小木偶走過去撿起帽子，但卻不是戴到頭上，而是咬在嘴裡，開始全速朝海岸跑去，速度快得跟子彈一樣。

警察眼見恐怕追不上，便派了一隻大獒犬去追他。這隻狗曾經參加過很多賽跑，每一場都是冠軍。皮諾丘跑得很快，但那隻狗跑得更快。很快地，人們開始把頭探出窗外，還有些人聚集在路邊，想知道這場瘋狂的追逐最後會有什麼結果。但他們的好奇心卻得不到滿足，因為皮諾丘跟獒犬跑步的時候激起了一大片沙塵，幾分鐘以後，大家就什麼都看不到了。

3　天主教的七大罪行分別為傲慢、嫉妒、憤怒、懶惰、貪婪、暴食及色慾。

28

皮諾丘拚命地跑啊跑，一度很害怕，以為自己要輸了。你們要知道，飛毛腿（那隻獒犬的名字）越跑離皮諾丘越近，差一點就抓到他。

情況大概是這樣：皮諾丘聽見背後不遠處那隻可怕野獸的劇烈喘息聲，還能感受到他吐出來的、很難聞的臭氣。

幸好，海灘就在前方，大海就在前面幾步遠。

一衝到海灘，小木偶就像牛蛙一樣縱身一跳，撲通一聲跳進水裡。飛毛腿本來想煞車，因為衝得太快，也掉進了水裡。可憐的飛毛腿不會游泳，只好胡亂擺動四肢，想辦法浮在水面上。可是他的動作越慌亂，頭就越往下沉。

這隻可憐的狗好不容易又露出水面，兩眼卻因為恐懼而睜得好大，同時嘴裡汪汪大叫：「我要淹死了！我要淹死了！」

「吵死人了！」皮諾丘從遠處回答，他知道自己安全了。

「請你幫幫我啊，皮諾丘！救救我！」

小木偶的心地其實非常善良。聽到飛毛腿可憐的叫聲後，轉

身對他說：「如果我救你的話，你答應不會再找我麻煩，再繼續追我嗎？」

「我答應你！我答應你！看在老天的分上，求你快一點。再耽擱半分鐘，我就要沒命了。」

皮諾丘猶豫了一下，但他想起爸爸跟他講過很多次「好人有好報」，於是游往飛毛腿，用兩手抓住他的尾巴，把飛毛腿拉到沙灘上。

那隻可憐的狗不小心喝了一肚子的水，脹得跟氣球一樣，站都站不起來。然而，小木偶不敢完全信任他，認為還是回到海裡才是明智之舉。等到游離岸邊以後，才對著那隻狗大喊：「再見囉，飛毛腿！祝你順利回家，闔家平安。」

「再見了，皮諾丘，」那隻狗回答。「感謝你救了我一命。你對我這麼好，我應該報答你。人生的路曲曲折折，或許哪天我們會再重逢……」

皮諾丘不停地往前游，同時注意不要離岸邊太遠。最後，他覺得自己已經來到安全的地方。往海岸的方向看，發現岩石之間有一個山洞，洞裡冒著煙。

「洞裡一定有火，」皮諾丘心想：「太好了！我可以取暖，把身體烘乾。可是之後呢？到時候再說吧。」

決定以後，他游近岩岸。才正打算要上岸，就感覺到底下的水裡有什麼東西不停往上拉，把他拉到半空中。他想要掙脫，卻太遲了。他頓時非常驚訝地發現自己居然被困在一張非常大的漁

網裡，四周擠滿了不同大小的魚。魚群就像地獄裡的人一樣不停地擺動、掙扎。

同時，他看到洞穴深處走出一個漁夫。這個漁夫長得極醜，就像海怪一樣。漁夫渾身上下都是綠色，頭頂上長的不是頭髮，而是厚厚的草。他有一身綠皮，一雙綠眼，一把好長好長、拖在地上的鬍子，看起來就像是一隻用兩條後腿站立的巨大蜥蜴。

在把漁網從海裡拉上來的時候，漁夫高興地大喊：「感謝老天！我又可以飽食一頓鮮魚大餐了！」

「幸好我不是魚。」皮諾丘鼓起勇氣想。

漁夫把裝滿魚的漁網搬進山洞裡。黑暗的山洞裡到處都是煙霧。山洞中間擺了一個大鍋，鍋裡的油溫很高，不停地散發出一種蠟燭悶熄的氣味，叫人無法呼吸。

「現在來看看我們抓到什麼魚吧！」綠皮漁夫說。他把跟披薩鏟子一樣大的手探進網子裡，抓出一把梭魚。

「這些梭魚看起來真好吃！」他愉快地檢視手上的梭魚，還拿起來聞一聞，然後把魚都丟進了一個沒有裝水的大桶子裡。

他不斷重複同樣的動作。邊從網子撈出魚，邊想著馬上能享用美味的晚餐，高興得口水直流。「這些鱈魚看起來真好吃！這些烏魚看起來真美味！這些比目魚看起來真漂亮！這些螃蟹看起來真上等！這些鰻魚真可口！」

我想你們也猜到了吧。那些鱈魚、烏魚、比目魚、螃蟹和鰻魚都被丟進桶子裡和梭魚作伴。最後從網子裡撈出來的是皮諾

丘。

漁夫將皮諾丘從漁網裡抓出來時，瞪大了綠色的眼睛，驚訝又害怕地大喊：「這是什麼魚啊？我不記得自己吃過這種魚！」

再仔細從各角度觀察，終於說：「我知道了，這一定是隻螃蟹。」

一聽到自己被誤認成螃蟹，皮諾丘覺得很尷尬，生氣地說：「什麼螃蟹？講話客氣點。我是個小木偶。」

「一個小木偶？」漁夫回答。「老實說，我還是第一次聽到小木偶魚。這樣更好，我更想吃你。」

「吃我？難道你不明白我不是魚嗎？你不覺得我講話和思考的方式跟你一樣嗎？」

「的確是這樣沒錯，」漁夫同意。「而既然你是一隻跟我一樣能說話也能思考的魚，那我會好好對待你。」

「你的意思是？」

「為了表達你我之間的友誼和特別的尊重，我會讓你選擇料理方式。你想要用炸的，還是想跟番茄醬一起燉煮？」

「坦白說，」皮諾丘回答：「如果讓我選的話，我希望可以自由，讓我回家。」

「你在說笑吧，我怎麼可能會錯過品嘗稀有魚類的大好機會呢？小木偶魚可不是天天都可以抓到的。相信我的廚藝吧，我會把你跟其他魚一起放進鍋裡炸，你一定會喜歡的。跟同伴死在一起也比較開心。」

聽完漁夫說的話以後，原本就很難過的皮諾丘開始嚎啕大哭，苦苦哀求漁夫饒他一命。「要是我今天乖乖去上學就好了！就是因為聽了壞朋友的話，現在才會這麼慘！嗚！嗚！嗚！」

　　皮諾丘不斷扭來扭去，像鰻魚一樣，拚命做垂死的掙扎，漁夫便拿了一條長長的蘆葦，把他的手腳綁起來，丟進桶子裡和其他魚一起等著下鍋。

　　接著漁夫拿出盛滿麵粉的木碗，開始將魚一條一條的裹上麵粉，再丟進滾燙的油鍋裡。

　　最先進油鍋裡舞動的是梭魚，再來是鱈魚、鱸魚、烏魚、比目魚、鯤魚，最後終於輪到皮諾丘。眼看自己死到臨頭，而且居然還是這麼恐怖的死法，他害怕得渾身發抖，無法呼吸，連哀求的聲音都發不出來。

　　可憐的小木偶只能用眼睛苦苦哀求！但漁夫根本沒注意到，將他裹了一層又一層的麵粉，全身一片白，就像枝粉筆一樣。

　　接著，漁夫抓住小木偶的頭，將他提了起來……

29

....

　　就在漁夫要把皮諾丘丟進油鍋的時候，一隻大狗因為聞到炸魚的香味而跑進山洞裡。

　　「出去！」漁夫凶惡地大叫，手裡仍拿著裹滿麵粉的小木偶。但這隻可憐的狗快要餓死了，搖著尾巴發出嗚咽聲，彷彿在說：「給我一點魚吃，我就走。」

　　「叫你出去！」漁夫又說了一次，同時抬起腳準備要踢狗。

　　大狗餓壞了，無論如何不想放棄。他開始對著漁夫咆哮，露出一口可怕的利牙。

　　這個時候，洞穴裡忽然響起了一陣微弱的聲音：「快救救我啊，飛毛腿！要是你不救我，我就要被丟下油鍋了！」

　　大狗立刻認出了皮諾丘的聲音。而在發現聲音居然是從漁夫手裡拿著的、那個裹滿麵粉的東西所發出來時，非常地訝異。

　　接下來大狗怎麼辦？他使盡渾身的力氣，往空中一撲，用牙齒叼住裹滿麵粉的小木偶，衝出了洞穴，轉眼消失無蹤！

　　看到原本拿在手裡準備大快朵頤的晚餐被搶走，漁夫氣炸

了，開始緊追大狗。但才走了沒幾步路，就開始不停地咳嗽，只好退回山洞裡。

飛毛腿一路狂奔，直到遠離山洞，再次踏上通往村莊的道路時，才停下腳步，輕輕地把皮諾丘放在地上。

「說再多話都沒有辦法表達我對你的感謝！」小木偶說。

「不用客氣，」飛毛腿回答。「你曾經救過我一命，好心有好報。活在這個世界上，本來就應該互相幫助。」

「你怎麼會跑到那個山洞裡？」

「我本來半死不活地躺在海灘上，忽然聞到炸魚的香味。我快餓死了，就循著味道走到山洞。要是我晚一分鐘到的話……」

「別說了！」皮諾丘大叫，依舊怕得渾身發抖。「別說了！要是你晚一分鐘到的話，我現在應該已經被炸熟，吃下肚了。光想到就覺得可怕！」

飛毛腿笑著向小木偶伸出前掌。小木偶熱情地回握，握得又用力又久，以證明他們之間堅定的友誼。他們互道再見，大狗便往回家的方向走去。

皮諾丘走向附近的一間小茅屋。小屋門口站著一個曬太陽的矮小老人。小木偶問老人說：「好心的老先生，請問你知不知道一個叫做尤金尼歐的可憐男孩的消息？他的頭受傷了。」

「有幾個捕魚的人將他送到這裡來，可是現在……」

「他死掉了！」皮諾丘非常傷心地打斷對方。

「沒有啊，他還活得好好的，已經回家了。」

「你說的是真的嗎？」小木偶開心地又叫又跳。「所以他傷得不重嘍？」

「本來很嚴重，差點沒命，因為有人用一本又大又厚的書砸他的頭。」

「誰丟的？」

「他的同學，叫皮諾丘。」

「皮諾丘又是誰呢？」小木偶裝傻，繼續追問。

「聽說他是個愛惡作劇的壞孩子，整天遊手好閒，做事不經大腦，又不回家。」

「胡說！全部都是別人胡亂造謠！」

「你認識這個叫皮諾丘的人嗎？」

「我見過他。」小木偶回答。

「那你覺得他是個怎麼樣的人呢？」老人問。

「我覺得他應該是個品行端正的小孩，很愛念書，很聽話，很愛他爸爸，也很孝順……」

小木偶滔滔不絕說著這些謊話，接著摸了摸自己的鼻子，發現鼻子變得比手臂還長。心裡一慌，開始胡亂嚷著：「好心的老先生，我剛剛形容他的那些好話請當作沒聽見。因為我跟皮諾丘很熟，我敢跟你保證他真的是個懶惰的壞孩子，既不聽話又愛跟著同學四處遊蕩，調皮又搞蛋！」

一說完這些話，他的鼻子變回了原本的長度。

「你為什麼渾身發白？」

「剛剛不小心碰到一面剛粉刷好的牆。」小木偶不敢說自己被人裹上麵粉，差點被丟進油鍋。

「你的外套、褲子跟帽子呢？」

「我碰到了幾個強盜，被搶走了。好心的老先生，請問你有沒有什麼不要的衣服可以讓我穿回家。」

「孩子啊，我手邊沒有多的衣服，只有一個用來裝啤酒花的袋子。如果需要的話，就拿去吧。在這兒。」

皮諾丘拿起袋子，用剪刀在頂端和兩側各剪了一個洞，然後把袋子像襯衫一樣套在身上。穿上這件克難的衣服後，他開始往村莊的方向走去。

只是路途中，他覺得越來越不安。每往前走兩步，就倒退一步。

「我如何面對好心的仙女？她看到我會說什麼？會再次原諒我嗎？我猜她不會原諒我了。是我活該，我是個壞孩子，每次答應要改邪歸正，都沒做到！」

天黑以後，他回到村莊。天空下著傾盆大雨，他直接往仙女家的方向走，鼓足勇氣想上前敲門時，又失去勇氣，倒退了好幾步。他再次上前，還是什麼也沒做。第三次上前，又後退。第四次，他終於輕輕地握住門環，發著抖，輕輕敲了幾下。

他等了又等，半個小時以後，頂樓的一扇窗戶終於打開（這棟樓房有四層樓高），皮諾丘看見一隻大蝸牛把頭探出來，頭頂發出小小的亮光。

「這麼晚了，是誰啊？」蝸牛問。

「仙女在家嗎？」小木偶問。

「仙女睡覺了，不希望被打擾。你是誰？」

「是我！」

「誰是我？」

「皮諾丘。」

「誰是皮諾丘？」

「住在仙女家的小木偶。」

「喔，我明白了，」蝸牛說：「你在那裡等，我下去幫你開門。」

「求求妳快點兒，我快凍死了。」

「孩子，我是蝸牛，蝸牛永遠沒辦法快點的。」

一個小時過去了，兩個小時過去了，大門還是緊閉著。大雨打在皮諾丘身上，他就像隻掉進水中的老鼠一樣，又冷又害怕，不停地發抖，只好鼓起勇氣，又敲了一次門，這次敲得比較大聲。

第二次敲門後，三樓的窗戶打開，同一隻蝸牛把頭探了出來。

「親愛的小蝸牛，」皮諾丘大喊：「我已經等了兩個小時了！天氣這麼壞，兩個小時感覺就像兩年一樣久。拜託妳快點。」

「孩子啊，」蝸牛用平靜又沉著的聲音回答：「孩子啊，我

是蝸牛，蝸牛永遠也無法快點的。」然後窗戶又關上了。

午夜的鐘聲響起。凌晨一點、凌晨兩點，大門還是沒有打開。皮諾丘完全失去耐性，生氣地抓起門環，打算用力敲門，讓整棟房子都跟著搖晃，吵醒所有的人。但他才抓起門環，原本的鐵環忽然變成一隻鰻魚，從他的手裡溜走，消失在大街的滾滾水流之中。

「好啊！」皮諾丘氣呼呼地大叫。「門環可以消失，那我就用腳敲門。」

他往後站，退一步，使勁往大門一踢。因為踢得太用力，腳有一半陷進木門裡。無論如何拉扯，就是無法把腳從門裡拉出來。他只好乖乖待在原地，整個人像被釘在門上一樣。

想像一下可憐的皮諾丘！一腳站在地上，另外一腳卡在門裡，就這樣過了一夜。天快亮的時候，大門總算打開。好心的蝸牛從四樓爬到一樓，只花了九個小時。她一定拚了命地趕路。

「你那隻腳怎麼會卡在門裡？」她笑著問小木偶。

「是我不小心弄進去的。噢，美麗的小蝸牛，可以請妳幫幫我，讓我脫離這個折磨嗎？」

「孩子啊，這得請木匠來幫忙，我沒當過木匠。」

「幫我跟仙女求救吧。」

「仙女還在睡覺，不希望被打擾。」

「那我怎麼辦，就這樣卡在門上一整天嗎？」

「你可以找點事做，數數看有幾隻螞蟻路過。」

「妳至少可以拿點東西給我吃吧，我快餓死了。」

「馬上就來！」蝸牛說。

又過了三個半小時，蝸牛頂著一個銀托盤，上面有麵包、烤雞，和四顆熟透的杏桃。

「這是仙女要我拿給你的早餐。」蝸牛說。

一看到這些美味的餐點，小木偶非常高興。才剛咬下去，便發現麵包是粉筆做的，烤雞是厚紙板，四顆杏桃則是石膏。這些東西都塗上顏色，看起來跟真的一樣。

他很想放聲大哭，很想任情緒盪到谷底，把托盤跟其他的東西都丟出去。但或許是因為太傷心，也可能是因為太餓，竟然暈了過去。

醒來時，他發現自己躺在沙發上，仙女就坐在旁邊。

「我再原諒你一次，」仙女說：「但千萬別再犯了！」

皮諾丘發誓會好好念書，一定當個好孩子。這一次，他真的辦到了。

一整年，皮諾丘的行為舉止都非常優異。期末考成績公布，還拿到全校第一名。仙女對他的表現既滿意又開心，對他說：「明天你的願望就會實現了！」

「什麼願望？」

「明天你就可以從木偶變成真正的小男孩了。」

皮諾丘終於達成期待已久的願望。沒有親眼目睹的人很難想像他當時有多麼開心。他想邀請所有的朋友和同學到仙女家來慶

祝這個重要的日子。仙女會為他們準備兩百杯咖啡牛奶和四百個塗滿奶油的麵包。

　　這一天本來會是非常開心快樂的美好日子，但是……

　　很不幸，小木偶的人生當中總會出現一個搞砸一切的「但是」。

30

....

　　聽說仙女要為大家準備餐點，皮諾丘問仙女能不能出門邀請
朋友一起來慶祝。

　　「去邀請你的朋友明天過來吧，記得天黑以前要回來，聽到
了嗎？」

　　「我答應妳一個小時左右就會回來。」皮諾丘回答。

　　「要小心喔，皮諾丘！小孩子常常答應得太快，卻總是沒辦
法遵守諾言。」

　　「可是我跟其他人不一樣，我說到就會做到。」

　　「等著瞧，如果沒有做到的話，你就要遭殃了。」

　　「什麼意思？」

　　「我的意思是說，不聽那些經驗比他們豐富的人的話，一定
會惹上麻煩的。」

　　「我已經學到教訓了！」皮諾丘說。「我絕對不會再犯同樣
的錯誤！」

　　「我們就等著看吧。」

小木偶跟對他來說有如媽媽一樣的好心仙女說再見，邊唱邊跳，開心地走出家門。

　　約莫一個小時左右，他通知完所有的朋友。有些人立刻答應，滿心期待；其他人一開始假裝沒興趣，一聽到可以用來沾咖啡牛奶的圓麵包居然連外面都有抹奶油時，立刻就說：「為了讓你開心，我們會一定去的。」

　　你們要知道，在所有的同學和朋友裡面，跟皮諾丘最要好的是一個叫做羅密歐的男孩，不過大家都叫他「小燈芯」，因為他長得又瘦又高，就像提燈裡的燈芯一樣。

　　小燈芯是全校最懶惰、最調皮搗蛋的孩子，但皮諾丘非常喜歡他。皮諾丘到小燈芯家找他，想邀請他隔天到家裡來，卻找不到他。他第二次去，小燈芯還是不在。第三次依舊沒找到人。最後終於在一戶農家的門廊底下發現他。

　　「你躲在那裡做什麼？」皮諾丘走過去問他。

　　「我等著要離開這裡。」

　　「你要去哪裡？」

　　「很遠、很遠、很遠的地方！」

　　「我去你家找過你三次了！」

　　「找我做什麼？」

　　「你沒聽說那個消息嗎？你不知道有好事要發生在我身上了嗎？」

　　「什麼好事？」

「從明天開始，我就不再是個木偶，會變成一個小男孩，變得跟你還有其他人一樣。」

「希望你從此開開心心。」

「我希望你明天能來我家。」

「可是我今天晚上就要走了。」

「什麼時候？」

「很快就要走了。」

「你要去哪裡？」

「我要去一個全世界最美麗的國家，一個真正的天堂！」

「這個國家叫什麼名字啊？」

「玩具國。要不要和我一起去？」

「我嗎？不行。」

「皮諾丘，相信我，不來你會後悔的。對小孩子來說，那裡是全世界最棒的地方。沒有學校，沒有老師，也沒有課本。在那個好地方，大家都不用念書。在這裡只有星期六不用上學，而那裡除了星期日，其他都是星期六。想想看，寒假是從一月的第一天放到十二月的最後一天，這才是最適合孩子住的地方！每一個先進的國家都應該像玩具國一樣才對！」

「那玩具國的人每天都在做什麼啊？」

「他們從早到晚都在玩樂嬉戲。天黑以後就上床睡覺，隔天早上又開始玩樂一整天。你覺得這個地方怎麼樣？」

「嗯！」皮諾丘輕輕點頭，彷彿在說：「我也喜歡過這種日

175

子！」

「要跟我一起去嗎？要還是不要？想清楚喔。」

「不行，不行，還是不行。我已經答應過好心的仙女要當一個乖孩子，我要遵守諾言。太陽快下山了，我得趕快回家。那就再見嘍，祝你旅途愉快。」

「再等個兩分鐘嘛！」

「已經很晚了。」

「兩分鐘就好。」

「如果仙女罵我怎麼辦？」

「讓她罵啊！罵累以後她就會冷靜下來了。」淘氣的小燈芯說。

「你要怎麼去？你自己一個人還是有其他人？」

「怎麼可能就我一個？有一百多個孩子會跟我一起去。」

「走路去嗎？」

「馬上就會有一輛馬車來接我，載我穿越國境，進入那個快樂的國家。」

「真希望那輛馬車現在就來！」

「為什麼？」

「這樣我就可以看著你們一起上路。」

「再等一下你就會看到了。」

「不行，我要回家了。」

「再等兩分鐘嘛！」

「我在外面待太久了，仙女會擔心。」

「可憐的仙女！我在想，或許她是擔心你會被蝙蝠吃掉？」

「小燈芯，」皮諾丘說：「你確定玩具國都沒有學校？」

「連學校的影子都沒有。」

「也沒有老師嗎？」

「一個也沒有。」

「永遠都不用念書？」

「永遠，永遠，永遠都不用！」

「哇，好棒的國家喔！」皮諾丘羨慕得口水都快流下來了。「好棒的國家喔！雖然沒去過，可是我可以想像這個國家有多棒！」

「為什麼不跟我一起走？」

「不要再拖我下水了，沒用的！我已經答應善良的仙女會當個好孩子，我不想違背自己的諾言。」

「那就再見了，回去的路上如果有經過小學跟中學的話，就幫我多看幾眼吧！」

「再見了，小燈芯，祝你旅途平安、愉快，記得要想念我們這些朋友。」

說完這句話以後，小木偶朝回家的方向走了兩步路，卻忽然轉身，走回小燈芯身旁問著：「你真的確定除了星期日，其他六天都是星期六？」

「百分之百確定。」

「你確定寒假是從一月的第一天到十二月的最後一天？」

「百分之百確定。」

「好棒的國家！」皮諾丘非常猶豫，又說了一遍。然後，他下定決心：「好吧，真的要跟你說再見了，祝你旅途愉快。」

「再見。」

「你什麼時候要走？」

「很快就要走了！」

「我好想留下來陪你等喔。」

「可是仙女那邊怎麼辦？」

「反正都已經這麼晚了！早一個小時回去跟晚一個小時回去也沒什麼差別了。」

「可憐的皮諾丘，如果仙女罵你呢？」

「管她的！就讓她罵吧，罵累以後她就會冷靜下來。」

天色開始變暗，周遭一片漆黑。就在這個時候，遠方出現一個小小的燈火往前移動，也聽見馬身上的鈴鐺聲和玩具喇叭吹奏的聲音。喇叭的聲音又低又小，聽起來就像是蚊子的嗡嗡聲。

「來了！」小燈芯大叫，站了起來。

「什麼東西來了？」皮諾丘輕聲問。

「來接我的馬車。最後一次問你，要不要一起去？」

「玩具國的孩子真的永遠都不用上學嗎？」

「永遠，永遠，永遠都不用！」

「好棒的國家喔！好棒的國家喔！好棒的國家喔！」

31

馬車終於抵達。這輛車因為輪子外面包著破布和麥稈，行駛時無聲無息。

拉車的是十二對體型一樣、顏色不同的驢子。有些驢子的毛是灰色的，有些是白色，有些身上有黑白斑點，有幾隻則長著黃色和藍色的粗條紋。

這二十四隻驢子最奇怪的地方，在於他們和其他負責載運重物的動物不同，腳底沒有釘上蹄鐵，反而穿著白色的皮靴。

駕車的車夫長得什麼模樣呢？

想想看，有這麼一個人，身材矮胖，皮膚就像奶油一樣柔軟又光滑，臉長得像蓮霧，小小的嘴巴總是在笑，聲音聽起來又細又諂媚，就像貓乞求食物時所發出的喵喵聲。

一看見他，所有的孩子趕緊靠上去，搶著上馬車，急著要被載到地圖上那個叫做玩具國的美好國度。

馬車上塞滿了八到十二歲的孩子，一個疊著一個，就像沙丁魚罐頭一樣。他們很不舒服，快要被擠扁，幾乎沒辦法呼吸，卻

沒有一個人抱怨或是發出一點聲音。因為知道再過幾個小時就會到一個沒有課本、沒有學校、沒有老師的地方，這些孩子們都非常開心，不抱怨也不緊張，也不覺得口渴，不想睡覺。

馬車一停下，胖車夫就轉過頭對著小燈芯行禮微笑，問他：「好孩子，你也想去快樂王國嗎？」

「沒錯。」

「如果是這樣的話，我先警告你，馬車裡已經沒有位子嚕。你看，都擠滿了！」

「沒問題，」小燈芯回答。「我可以坐在橫桿上。」說完立刻輕輕跳上車桿。

「那你呢，親愛的，」胖車夫接著鄭重其事地問皮諾丘：「你有什麼打算？想跟我們一起走，還是留在這裡？」

「我要留在這裡，」皮諾丘回答。「我想回家，我想上學，想拿到好成績，跟其他乖孩子一樣。」

「只要你覺得開心就好！」

此時小燈芯趕緊說：「皮諾丘，跟我們一起走嘛，那裡很好玩喔。」

「不要，不要，不要！」

「跟我們一起走嘛，那裡很好玩喔！」馬車裡有幾個人大喊。

「跟我們一起走嘛，那裡很好玩喔！」所有的小孩齊聲大喊，聽起來像是有一百多個人的聲音在呼喊。

「如果跟你們一起走，我怎麼跟好心的仙女解釋？」小木偶開始動搖。

「不用煩惱那些不開心的事。只要想著，我們要去一個快樂的地方，我們可以從早到晚盡情地玩！」

皮諾丘沒有回答，但深深地嘆了一口氣，又嘆了一口氣，再嘆了一口氣。最後終於說：「空個位置給我吧，我也要去！」

「已經沒有位置了，」胖車夫回答說：「但為了表達對你的歡迎，我的位子就讓給你坐吧。」

「那你呢？」

「我用走的。」

「不行啦，怎麼可以。我騎驢子吧！」

皮諾丘走近最前面的驢子，想爬上右邊那一隻。可是那隻驢子忽然轉身，猛撞他的肚子，讓他跌個四腳朝天。

你們一定可以想像得到，所有看到這一幕的調皮孩子們都笑得東倒西歪。

不過胖車夫沒有笑。他一臉慈祥地靠近那隻不乖的驢子，假裝要親牠，卻趁機咬掉牠右邊的半個耳朵。

此時，生氣地從地上站起來的皮諾丘往上一跳，坐到驢子的背上。因為皮諾丘跳到驢子身上的姿勢好看極了，那群孩子停止嘲笑，開始歡呼：「皮諾丘萬歲！」同時熱烈地鼓掌。

忽然間，那隻小驢子卻突然後腳用力一踢，可憐的小木偶又摔到馬路中央。

大家笑得更起勁了。可是胖車夫沒有笑，反而露出一副鍾愛那頭小驢子的表情，假裝要親他，又趁機咬掉另一邊的半個耳朵，然後跟小木偶說：「現在可以安心騎他了。別擔心，那隻驢子原本腦子裡在想別的事情，剛剛跟他說了幾句話，現在應該變得又乖又溫馴了。」

皮諾丘爬到驢子背上，馬車開始往前行駛。驢子們邁開大步在鵝卵石上疾行時，小木偶感覺好像聽見一個小小的、幾乎聽不見的聲音說：「可憐的傻瓜！如此任性，你一定會後悔的！」

皮諾丘有點害怕，左右張望，想知道聲音是從哪兒來的，但沒看見半個人影。驢子繼續奔馳，車子快速前進，孩子們都睡著了，小燈芯打呼的聲音跟鋸木頭一樣大聲，胖車夫則在座位上低聲哼著歌：

每個人都在夜裡沉睡，

只有我總是醒著……

又前進半公里以後，皮諾丘聽見同樣微弱的聲音說：「記住，你這個傻瓜，那些從來不念書，討厭課本、學校、老師，只喜歡玩玩具跟享樂的孩子早晚都要後悔的！我是過來人，吃夠了苦頭，你遲早也會後悔的，就像現在的我一樣，到那時候就太遲了！」

聽到這些話，小木偶嚇壞了，從驢子的背上跳下來，跑到驢子前面，雙手抓住驢子的嘴。

想想看，當他看見那隻小驢子竟然在哭，而且哭得跟個小孩

子一樣傷心時，有多麼驚訝！

「嘿，小胖先生，」皮諾丘對車夫大喊：「發生什麼事了？這隻小驢子在哭耶。」

「讓他哭吧，結婚那天他就會笑了。」

「是你教他怎麼說話的嗎？」

「沒有，只不過他以前跟一群受過訓練的狗一起待過三年，自己學會講幾句話而已。」

「可憐的小驢子！」

「好了好了，」胖車夫說：「別浪費時間可憐這隻驢子了。上去吧，該走了。夜晚很冷，路途還很遠呢。」

皮諾丘乖乖聽話。馬車繼續前進，天快亮的時候，他們開心地抵達了玩具國。

這個國家跟世界上的其他國家完全不同。整個國家都是小孩子，年紀最大的十四歲，最小的還不到八歲。大街上的孩子個個開開心心，吵鬧尖叫，聲音大得能把人逼瘋！到處都是成群結隊的淘氣孩子。有些人在玩球，有些人在玩彈珠，有些人在玩滾球；有些人騎腳踏車，有些人騎木馬；有些在玩捉迷藏，有些人在玩一二三木頭人；有些人穿著打扮像小丑，正在表演吞火；有些人在演戲，有些人在唱歌，有些人在翻觔斗；有些人開心地倒立走路；有些人在滾圈圈；有些人頭上戴著報紙做的頭盔，身上佩戴混凝紙做的劍，喬裝成將軍四處散步；有些人在大笑，有些人在大喊，有些人在叫朋友的名字；有些人在拍手，有些人在吹

口哨，有些人咯咯叫地模仿母雞下蛋……現場亂成一團，也可以說是一片喧鬧，一片嘈雜。要是沒塞些棉花在耳朵裡，包准會聾掉。每一塊空地都搭起了小戲台，從早到晚都有孩子待在那些戲台前看戲。每一間房子的每一面牆上都爬滿了用炭筆寫的讚美言詞，例如：整天玩玩具太胖了！（其實是要寫棒）再也不用上耶了！（其實是要寫學）算書給我滾開！（其實是要寫數）等類似的句子。

　　至於那些跟著胖車夫一起過來的皮諾丘、小燈芯，以及其他孩子，在踏進小鎮以後，全衝到街上玩起來。而且啊，我想你們或許也猜到了吧，才幾分鐘，就跟原本的那些孩子打成一片。全世界還有誰比他們更快樂，更滿足呢？

　　各式各樣的遊戲跟娛樂節目一個接著一個，幾小時、幾天、幾星期就這麼如閃電似的過去了。

　　「哇，這種日子真是太美好了！」皮諾丘每次碰到小燈芯都會這麼說。

　　「你看，我說得沒錯吧？」小燈芯總是這麼回答。「你原本還不打算來，原本還堅持要回家找仙女，把時間浪費在讀書上。你再也不用被無聊的課本跟學校綁住了。要不是我勸你，要不是我跟你分享這裡的消息，你哪有現在的自由，對不對？只有真正的超級好朋友才會對你這麼好。」

　　「沒錯，小燈芯，我現在能這麼快樂，都要感謝你。可是你知道老師以前是怎麼說你的嗎？他總是說：『千萬別跟調皮的壞

孩子小燈芯混在一起，他只會帶壞你，讓你誤入歧途！』」

「老師真可憐！」小燈芯搖搖頭。「他根本不關心我，只會說我壞話，這些我都知道得清清楚楚。可是我不愛計較，我原諒他了！」

「你真了不起！」皮諾丘邊說邊擁抱他的朋友，同時親了小燈芯的額頭一下。

這種遠離課本跟學校、成天玩遊戲的快樂日子過了五個月。一天早上，皮諾丘醒來，發現自己竟然就跟仙女之前警告的一樣「惹上了大麻煩」，愉悅的心情瞬間跌到谷底。

32

他惹上什麼麻煩呢？

皮諾丘每天早上醒來，習慣會抓抓頭。但這天，他抓頭的時候發現……

你們猜得到他發現了什麼事情嗎？

他嚇一大跳地發現，他的耳朵居然比手還大。

你們要知道，小木偶的耳朵一直都很小，小到一般人根本看不到！可以想像他有多吃驚了吧。他摸摸自己的耳朵，發現才過了一個晚上，耳朵居然變得好長好長，就跟玉米稈上的葉子一樣。

他想去照鏡子，看看自己變成什麼模樣，偏偏到處都找不到。於是他在洗臉盆裡裝水，低頭望向水中的倒影，竟然看見一個寧願永遠也不要看到的景象：他的頭上長出一對超大的驢耳朵。

你們可以想像，可憐的皮諾丘覺得多麼丟臉、多麼傷心、多麼難過啊！

他開始又哭又叫，用頭撞牆。但他越難過，耳朵卻越長越大、越長越大、越長越大，尖端還開始長毛。

聽到皮諾丘刺耳的叫聲後，門忽然打開，跑進一隻可愛的小土撥鼠。這隻土撥鼠就住在皮諾丘的樓上。看見小木偶發了狂似的，溫柔地問他：「住在樓下的好朋友，你怎麼了？」

「親愛的土撥鼠，我生病了，病得很嚴重，而且這個病讓我好害怕！你會把脈嗎？」

「會一點。」

「那就請妳幫我把脈，看看我有沒有發燒。」

土撥鼠抬起右前掌，幫皮諾丘把脈。把完脈以後，她嘆了一口氣說：「朋友，恐怕是壞消息！」

「怎麼了？」

「你得了一種很危險的熱病！」

「哪種？」

「驢子熱。」

「我不知道什麼是驢子熱！」小木偶說。但其實他明明已經猜到接下來會怎麼樣。

「我來跟你解釋一下吧，」土撥鼠說。「你要知道，兩到三個小時之內，你將不再是個木偶，也不是小男孩了。」

「那我會變成什麼？」

「兩到三個小時之內，你會變成一頭活生生的驢子，就像那些拉馬車的，或是把高麗菜跟萵苣載到市場去的驢子一樣。」

「噢，我真是太可憐了！太可憐了！」皮諾丘大叫。他抓住自己的耳朵，生氣地拉扯，好像那是別人的耳朵一樣。

「親愛的朋友，」土撥鼠想要安慰他，於是說：「你又能怎麼樣呢？這是你的命。古有明訓，那些不喜歡課本、學校、老師，只喜歡玩遊戲享樂的懶惰孩子，遲早都會變成小驢子的。」

「真的嗎？」小木偶抽抽噎噎地問。

「很不幸，是真的！哭也沒用了，你早該想到會有這麼一天的！」

「這又不是我的錯，相信我，全都是小燈芯的錯！」

「小燈芯是誰啊？」

「是我同學。我想要回家，我想要做個乖孩子，我想要繼續念書，考好成績，可是小燈芯說：『幹嘛念書！幹嘛去上學！跟我一起去玩具國，到那裡就不用念書了。我們可以從早玩到晚，隨時都開開心心。』」

「你為什麼要聽會帶你誤入歧途的壞朋友的話？」

「妳問我為什麼嗎？因為啊，親愛的土撥鼠，我是個又笨又沒良心的木偶。唉！要是我有良心，哪怕只有一點點，就永遠也不會離開好心的仙女了。她像個母親一樣愛我，為我做了好多事情。而且，我再也不想當個木偶了，我想要成為一個小男孩，就跟很多小男孩一樣乖。哼，要是遇到小燈芯，他就完蛋了，我一定要臭罵他一頓！」

他轉身想出門。走到門邊的時候，想起自己那對驢耳朵。因

為覺得這對耳朵很丟臉，不想讓別人看見，所以⋯⋯你們知道他怎麼做嗎？他戴上一頂大大的睡帽，拚命往下拉，把鼻子以上的部分全部蓋了起來。

接著他走出門，開始四處尋找小燈芯。他在大街上找，在空地上找，在戲台旁找，都沒找到。他問路上的每一個人，都沒有人看見他。

他決定去小燈芯家找。走到他家以後，小木偶敲敲門。

「誰啊？」小燈芯在裡面問。

「是我！」小木偶回答。

「等我一下，馬上去開門。」

半小時後門打開了。想像一下皮諾丘有多麼訝異吧！他看到好朋友小燈芯頭上戴了頂大睡帽，鼻子以上的部分幾乎都蓋住了。

一看到睡帽，皮諾丘的心情好多了。他想：「該不會我的朋友也得了跟我一樣的病，該不會他也得了驢子熱吧？」

他假裝什麼也沒有注意到，笑著問：「親愛的小燈芯，你還好嗎？」

「好極了，就像一隻鑽到帕瑪森起司裡的老鼠一樣。」

「真的嗎？」

「幹嘛騙你？」

「請問我的好朋友，為什麼要戴上那頂會把耳朵遮住的睡帽呢？」

「因為我的膝蓋受了傷，是醫生叫我戴的。那你呢，親愛的皮諾丘，為什麼要戴上那頂拉到鼻子的睡帽呢？」

「我的腳掌有擦傷，是醫生叫我戴的。」

「噢，可憐的皮諾丘！」

「噢，可憐的小燈芯！」

他們安靜了一會兒，兩人用嘲笑的眼神看著彼此。

最後，小木偶用溫柔、甜美的聲音問小燈芯：「親愛的小燈芯，我很好奇，你的耳朵是不是怎麼了？」

「沒有啊！你呢？」

「沒有啊！只不過不知道為什麼，今天早上一邊的耳朵就開始痛。」

「我的耳朵也是。」

「你也是？你痛的是哪一邊？」

「兩邊都痛。你呢？」

「我也是兩邊都痛。我們會不會得了同樣的病啊？」

「有可能喔。」

「小燈芯，你可以幫我一個忙嗎？」

「好啊！沒問題。」

「可以讓我看看你的耳朵嗎？」

「好啊，有什麼不行的？可是親愛的皮諾丘，在讓你看我的耳朵以前，我想先看看你的。」

「不行，你要先讓我看。」

「不行，你先，然後才換我！」

「那不然這樣吧，」小木偶說：「既然是好朋友，我們不如做個約定。」

「說來聽聽。」

「我們同時把睡帽拿掉，你覺得怎麼樣？」

「好啊。」

「好，要來嘍！」

皮諾丘開始大聲數：「一！二！三！」

一喊到三！兩個男孩就各自抓住自己的帽子往空中一拋。

這時候，一個或許看起來很不可思議，卻千真萬確的畫面出現了。在皮諾丘跟小燈芯發現兩人得了同樣的病以後，不但沒有覺得尷尬或難過，反而開始用手去戳弄對方的耳朵。在這個粗魯的動作做了一千次以後，他們開懷大笑起來。

笑啊笑的，兩人笑到肚子縮成一團。但忽然間，就在他們笑到最激烈的時候，小燈芯不笑了，身體開始搖搖晃晃的，膚色也開始改變，他對小木偶說：「救命啊，皮諾丘，救救我！」

「怎麼了？」

「天啊！我連站都站不直了。」

「我也是。」皮諾丘搖搖晃晃，又哭又叫。

說話的同時，他們兩人都四腳著地、手腳並用地在房間裡跑來跑去。隨著跑步的動作，他們的手都變成了蹄，臉變成了驢子臉，背部也長出了一層淺灰色夾帶黑點的毛皮。

你知道這兩個可憐的人最受不了的是什麼嗎？對他們來說，最恥辱、最讓他們受不了的，是感覺到自己長出了一根驢尾巴。他們覺得又丟臉又痛苦，想要大哭一場，哀嘆自己的命運。

　　要是他們沒這麼做就好了！因為他們發出的不是嗚咽和哀號聲，而是驢叫聲。而且他們的叫聲非常整齊又洪亮：咿喔，咿喔，咿喔。

　　就在這個時候，有人敲了門，他們聽見外頭的人說：「快開門！我是小胖，是帶你們來到這裡的車夫。立刻把門打開，否則就要你們好看！」

33

胖車夫用力把門踹開。進門以後，他跟往常一樣滿臉笑容，對著皮諾丘跟小燈芯說：「孩子們，幹得好！你們的叫聲很響亮，我立刻就認出你們，馬上就過來了。」

聽到這些話，這兩隻小驢子的心情變得很沉重。他們低頭垂耳，尾巴夾在兩腿之間。

胖車夫先揉搓他們、撫摸他們、拍拍他們，然後拿出一把梳子，開始幫他們梳理全身的毛。梳得油亮光滑以後，車夫幫他們戴上口套，牽到市集去，希望能賣一筆好價錢。

果然很快就有顧客上門了。

一個農夫的驢子昨天死了，於是他買下了小燈芯。買下皮諾丘的則是一個馬戲團的班主。馬戲團裡有小丑和雜技演員，他希望能訓練皮諾丘跳圈圈和跳舞，可以和馬戲團裡的其他動物一起表演。

你們現在知道這個胖車夫是靠什麼謀生了吧？這個矮胖的傢伙滿肚子壞主意，裝出一副好好先生的模樣，經常駕著馬車到

世界各地，只要遇到討厭看書、上學的懶惰孩子，就會用美麗的承諾跟甜言蜜語把他們統統集合起來。將這些懶惰的孩子載上馬車以後，就載著他們到玩具國，讓他們整天遊戲，不停地喧譁吵鬧，不停地玩樂。

而在那些受騙上當的可憐孩子們因為成天玩樂不念書，變成驢子以後，心花怒放的胖車夫就會把他們抓起來，帶到市集賣掉。不到幾年的時間，就賺進了大把大把的鈔票，變成了百萬富翁。

小燈芯後來的下場怎麼樣沒有人知道，不過皮諾丘一開始就過著艱苦的日子。

新的主人把他帶進馬廄，在飼料槽裡倒了碎稻草給他吃。但是皮諾丘只吃了一口就吐了出來。

他的主人一看，不開心地咕噥幾句後，換了乾草，皮諾丘還是不喜歡。

「你連乾草也不喜歡？」主人生氣地大吼。「別擔心，漂亮的小驢子，要是你腦子裡裝了什麼古怪想法，我會幫你把它們統統趕出來！」

為了讓皮諾丘聽話，主人用鞭子抽打他。

劇烈的疼痛讓皮諾丘唉唉大叫：「咿喔，咿喔，我的肚子沒有辦法消化稻草啊！」

「那就吃乾草啊！」熟悉驢子話的主人回答他。

「咿喔，咿喔，吃乾草我肚子會疼的！」

「難道你以為我會餵一隻像你這樣的驢子吃雞胸肉或雞肉凍嗎？」主人越說越生氣，又抽打他。

挨了第二次鞭子以後，皮諾丘學聰明了，乖乖閉嘴。

馬廄的門關上以後，裡面只剩下皮諾丘一個人。因為已經好幾個小時沒有吃東西，他開始因為飢餓而打哈欠。嘴巴張得好大，就像烤爐一樣。

最後，因為飼料槽裡也沒有其他東西好吃，皮諾丘只好吃一點乾草。嚼了老半天以後，閉上雙眼，把嘴裡的東西吞下去。

「其實乾草還不難吃，」他心想：「不過要是我乖乖念書的話，能吃的東西就好吃多了！現在這個時間，我吃的才不是乾草，而是一大片剛出爐的麵包跟好吃的義大利香腸！唉！算了！」

隔天早上醒來，他馬上看飼料槽裡還有沒有乾草，可是裡面空空的，因為昨天晚上吃光了。

於是他吃了一小口稻草。嚼啊嚼，他發現碎稻草的味道完全比不上米蘭燉飯或那不勒斯通心粉。

「唉，算了！」他繼續嚼。「希望那些不聽話又不想上學的小孩看到我這種下場，可以學乖一點。唉，算了！算了！」

「你這句『唉，算了』是什麼意思！」主人剛好在這時候走進馬廄，對皮諾丘大吼。「漂亮的小驢子，難道你以為我把你買下來，只是為了供你吃喝？我買你，是要你工作，替我賺大錢。好了好了，走吧！跟我去馬戲團，我會教你如何跳圈圈、如何用

頭把厚紙板做的酒桶撞壞，還有如何只靠後腳站著跳華爾滋跟波卡舞。」

無論可憐的皮諾丘想不想，他都得學會這些把戲。他花了整整三個月才把這些把戲全部學起來，這段時間被打得渾身是傷。

終於來到這一天了。主人宣布要舉行盛大公演。五顏六色的宣傳通知單張貼在街角，上面寫著：

盛大公演
今天晚上

來看馬戲團的精采表演

不但有多位表演藝術家和各種駿馬

還有

首次登台

鼎鼎大名

被譽為

舞蹈巨星的

小驢子皮諾丘

舞台上將燈火通明，亮如白畫

那天晚上，演出前一個小時，觀眾就把戲院擠得水洩不通。

戲院內所有的位子都坐滿了人，連前排跟包廂都人滿為患，就算用黃金都買不到位子。

舞台旁一層又一層的位子擠滿了小孩子，各個年齡都有，他

們都非常期待看到鼎鼎大名的小驢子皮諾丘跳舞。

第一場表演結束後，穿著黑色燕尾服、緊身白長褲、及膝皮靴的馬戲團主人上台自我介紹。深深一鞠躬以後，一本正經地發表了以下這番演說：

「各位貴賓，各位女士、先生們！小人途經貴國，希望能有這個榮幸，為各位好眼光的一流賓客介紹這隻大名鼎鼎的小驢子。何其有幸，他曾在歐洲各個大國的皇宮中為國王表演舞蹈。雖然我們已經滿懷感謝，但仍請諸位為我們掌聲喝采，讓我們得以陶醉一番！」

這場演說換來許多笑聲及掌聲，但掌聲忽然越來越大，變得像打雷一樣，原來是小驢子皮諾丘靠近舞台中心。為了這次出場，馬戲團主人為他精心打扮：頭上套了副嶄新發亮的皮韁繩，上面還有銅釦跟裝飾釘。兩邊耳朵的後面都各插了一朵盛開的山茶花。背部的鬃毛也被分成了好幾束，每一束都繫上了漂亮的紅色絲綢蝴蝶結，肚子上還纏了一塊金銀相間的腰帶，尾巴則用一些有藍紫相間的天鵝絨緞帶紮成一條辮子。總之，是一頭非常可愛的小驢子！馬戲團主人繼續介紹皮諾丘：「各位貴賓！不騙你們，這頭野獸原本生長在炎熱的地方，自由自在地在高山峻嶺之間過日子。為了要馴服他，讓他乖乖聽話，我可是費了好大的苦心哪。如果您願意的話，請看看他眼中所流露出的野性吧。為了要把這頭野驢馴化成文明的四腳動物，我屢試屢敗，經常逼得只好用皮鞭來跟他好好溝通。但無論我對他再怎麼好，他卻依然不

喜歡我，而且還越來越不聽話。幸好，我遵循法國人的方式，找出了位於頭蓋骨內、由那間著名的巴黎醫學院所認定的、跟毛髮再生及古希臘舞蹈有關的小小部位，給了他狠狠一擊。在那之後，要訓練他跳舞就容易多了，要讓他跳圈圈或酒桶更是輕而易舉。讚嘆吧！評斷他的演出是好是壞吧！但在此之前，各位先生女士，請容我中斷片刻，邀請您來欣賞明天晚上的演出。倘若明天晚上會下雨，演出就提前到上午十一點。」

說完以後，馬戲團主人再次深深鞠躬，轉身面向皮諾丘說：「好啦，皮諾丘！開始演出之前，請跟我們的各位貴賓，各位女士、先生、孩子們打個招呼吧！」

皮諾丘很聽話，兩隻前腳跪下，不敢起來，直到馬戲團主人甩甩皮鞭，大叫：「走！」

小驢子馬上起身，開始沿著表演場繞圈。

過了一會兒後，馬戲團主人說：「小跑步！」

聽到指示，皮諾丘加快速度，開始小跑步。

「跑！」

皮諾丘開始跑。

「衝！」

於是皮諾丘開始拚命往前衝。當衝刺的速度就跟賽馬一樣快的時候，馬戲團主人舉起手臂，朝天空開了一槍。

一聽見槍聲，小驢子就假裝被射中，倒在地上，好像真的快死掉了一樣。

戲院馬上響起一陣如雷的掌聲及歡呼，他這才站了起來。喧鬧聲響徹天際，他不自覺抬起頭往上看，沒想到看見其中一個包廂裡坐著一個美麗的女士。女士的脖子上掛著一條粗粗的金項鍊，項鍊上垂下一個墜子，墜子上畫著一個木偶的肖相。

「上面畫的人是我啊！那位女士就是仙女！」皮諾丘立刻認出了她。皮諾丘欣喜若狂，放聲大喊：「噢，親愛的仙女！噢，親愛的仙女！」

但是喉嚨裡說出的不是人話，而是一聲低沉繚繞的驢叫，戲院裡的觀眾聽見都笑了，尤其那些小孩子都笑個不停。

馬戲團主人一看，立刻用鞭子的握把猛敲皮諾丘的鼻子，教訓他不可以對著觀眾發出這種叫聲。

可憐的小驢子把舌頭伸出來舔舔鼻子，舔了足足五分鐘，希望能減輕幾分疼痛。

當他再次轉頭望向觀眾席，卻發現仙女的包廂是空的，仙女不見了！皮諾丘的心裡非常難過啊。

他覺得自己快死了，兩眼充滿淚水，開始啜泣。然而沒有人注意到他在哭，更別說馬戲團主人。他甩了一下皮鞭，對皮諾丘大叫：「好了，皮諾丘！現在讓這些女士、先生看看你跳圈圈的姿勢有多麼優雅吧。」

皮諾丘試了兩、三次，每次一靠近圈圈，就覺得與其跳過去，還不如從底下鑽過去容易得多。

最後，他終於跳過了圈圈，可是後腳卻不小心被圈圈卡到，

整個身體重重地摔到另一頭。

爬起來以後，他的腳摔傷了，只好一拐一拐地走回馬廄。

「把皮諾丘帶出來！我們要看那隻小驢子！把那隻小驢子帶出來！」每一個坐在前排的小孩子都在喊，看到皮諾丘摔傷，他們都覺得很可憐。

但那天晚上，小驢子卻沒有再走出場。

隔天早上，在獸醫（就是幫動物看病的醫生，不過用「獸醫」比較好聽）檢查過以後，他宣布皮諾丘這輩子只能跛腳走路。

班主對照料馬廄的男孩說：「跛腳的驢子還能幹嘛，除了白吃白喝、製造麻煩之外什麼都不會。把他帶去市場賣掉。」

到市場以後很快就有人問男孩：「這隻跛腳的驢子怎麼賣？」

「二十塊錢。」

「我給你二十分。別以為我不知道他根本沒辦法工作，我只是要買他這張驢皮而已。他這張皮看起來又粗又硬，正好可以拿來幫鎮上的樂團做一面鼓。」

孩子們，猜猜看，皮諾丘一聽到自己要被做成一面鼓，心裡會有什麼樣的感覺。

付了二十分以後，買家把小驢子牽到海邊。他在皮諾丘的脖子上綁了一塊大石頭，一隻腳上綁了條繩子，把他推進海裡。

因為脖子上綁了顆大石頭，皮諾丘就這麼沉到了海底。買家

手裡握著繩子，在大石頭上坐了下來，慢慢等小驢子淹死，再剝下他的皮。

34

在把驢子推到海裡一個小時以後，買家自言自語地說：「那隻可憐的跛腳驢一定淹死了吧。應該可以把他拉起來，剝下他的皮做鼓了。」

於是他開始拉那條綁在驢腿上的繩子。他拉啊拉，拉啊拉的，總算把繩子另一頭的東西拉出水面。他一看，你們猜他看到了什麼？他看見的不是一頭死驢子，而是一個跟泥鰍一樣扭來扭去的、活生生的小木偶。

看見從水裡拉出來的竟然是小木偶，那個嚇壞了的可憐男人以為自己一定是在作夢，呆呆地站著，嘴巴張得好大，雙眼都凸了出來。

稍微打起精神以後，他流著眼淚，結結巴巴地說：「被我推到海裡去的那頭驢子跑到哪裡去了？」

「我就是那頭驢子啊！」小木偶笑著回答。

「就是你？」

「就是我。」

「噢，你這個搗蛋鬼！你以為騙得了我？」

「騙你？沒有啊，親愛的主人，我是認真的。」

「但是一頭驢子只不過在海裡待了一段時間，怎麼可能會就這樣變成一個木偶，天底下哪有這種事？」

「一定是海水變的魔術，大海就是這麼調皮。」

「說話小心點，木偶！不要尋我開心！要是我抓狂你就慘了！」

「好吧，主人，你想聽真話嗎？把我腳上的繩子解開，我就跟你說。」

由於很想聽真話，又傻又可憐的買家很快就把緊緊綁在小木偶身上的繩子解開。皮諾丘一看見自己就跟天上飛的鳥兒一樣自由以後，開始說起了他的故事。

「你要知道，就像你現在看到的一樣，我原本就是一個木偶。本來我就快要變成一個真正的小男孩，就跟世界上許許多多的小男孩一樣，可是我卻逃家，因為我不喜歡念書，聽了壞朋友的話。一天早上醒來的時候，發現自己變成了一頭驢子，從耳朵到尾巴，徹頭徹尾的一頭驢子。我覺得超丟臉的，真希望聖安東尼[4]能保佑任何人，哪怕是你，都不要經歷這種恥辱。後來我被帶到驢市場，賣給了一個馬戲團的班主。班主原本打算讓我變成跳舞跟跳圈圈的高手，可是表演的時候，我在台上摔了一跤，腿受傷了。因為不知道該怎麼處理一隻跛腿的驢子，班主就把我送回市場，後來就被你買走了。」

「唉！而且我還付了二十分呢，現在我要叫誰把錢退還給我呢？」

「最初你為什麼要買我，是因為想剝我的皮做鼓！一面鼓耶！」

「唉！現在我要上哪兒找另外一張驢皮呢？」

「別難過，主人。這個世界上驢子多得很。」

「告訴我，你這個伶牙俐齒的調皮鬼，你的故事說到這裡就結束了嗎？」

「不，」小木偶回答：「還有幾句話才結束。在買了我以後，你本來要把我帶到這裡殺死，可是後來大發慈悲，決定在我的脖子上綁一塊大石頭，讓我沉到海底去淹死。你心地這麼善良，我永遠都不會忘記的。可是親愛的主人，你沒有想到仙女會插手。」

「這個仙女是誰啊？」

「是我媽媽。她就跟天底下所有疼愛孩子的好媽媽一樣，隨時都會注意孩子的一舉一動，有困難的時候就會出手幫忙，就算那些孩子因為粗心大意或行為不良，活該孤零零地活在世界上，凡事只能靠自己，媽媽也不會棄孩子於不顧。所以呢，就像我剛剛說的一樣，好心的仙女發現我快要淹死的時候，就派了一大群魚到我身旁來。那些魚以為我真的是一頭死驢，就開始吃我身上的肉，咬得我痛死了。我從來都不知道原來魚就跟孩子一樣貪心，有些咬我的耳朵，有些咬我的嘴巴，有的咬我脖子，有的咬

鬃毛，有的咬我腳上的皮，有的咬我背部的毛。最善良的一群咬起了我的尾巴。」

「從今以後，」買家聽得都要嚇死了。「我發誓自己再也不吃魚了。我可不想要哪天剖開一隻梭魚或鱈魚的時候，發現肚子裡竟然有條驢子尾巴！」

「我同意你的說法，」小木偶笑著回答。「而且你要知道，在那群魚把我從頭到尾的驢皮驢肉都吃完以後，終於見到我的骨頭，或者該說是木頭，因為，就像你看到的，我是用一種很硬的木頭做成的。咬了幾口以後，那群貪心的魚很快就發現木頭不是他們的食物，就算硬吞進肚子裡也沒辦法消化，只會讓自己噁心想吐，就全部游走了，連句道謝也沒有。故事說完啦，這就是為什麼你會在繩子的另一端發現一個活生生的小木偶，而不是一隻死翹翹的驢子的原因。」

「我才不管你的過去和未來，」買家生氣地大吼。「我只知道自己付了二十分買你，我想把這筆錢拿回來。你知道我要怎麼做嗎？我要立刻把你帶到市場去賣掉，把你當成拿來生火的風乾木頭論斤賣。」

「隨便你怎麼賣吧，我不在乎。」皮諾丘說。

話才剛說完，他就猛然一跳，撲通一聲跳進海裡。皮諾丘開心地游走，同時對那個可憐的買家大喊：「再見了，主人。哪天需要一張驢皮做鼓的時候，要想起我喔。」

他哈哈大笑，繼續往前游。一分鐘以後，他轉過頭來，又大

聲地喊：「再見了，主人。哪天需要一些風乾木頭生火的時候，要想起我喔。」

就這樣，他游到了很遠很遠的地方，從岸邊幾乎看不見他，只剩一個小黑點，那個小黑點每隔一段時間就會把腳舉出水面，在那邊跳啊翻滾啊，就像一隻活潑好動的海豚一樣。

皮諾丘漫無目的地游啊游，忽然看見海中有一顆看起來像白色大理石的岩石，岩石上有一隻漂亮的小山羊。小山羊熱情地對著皮諾丘咩咩叫，要他靠近一點。

但最奇怪的事情來了。一般來說，山羊的毛皮不是白色、黑色，就是這裡一大塊、那裡一大塊不同顏色的斑點。可是這隻小山羊的毛皮卻是藍色的，而且是耀眼的天空藍，讓皮諾丘想起了當仙女還是個漂亮小女孩的時候。

猜猜看皮諾丘的心跳得有多快啊！他的精神為之一振，開始朝著那塊白色的岩石游過去。游到一半的時候，突然看見有個龐然大物從水裡浮出來，開始朝著他靠近，是可怕的大海怪，張開的大嘴就跟巨大的山洞一樣，三排利齒就算只是畫出來的，都會讓人嚇得心驚膽戰。

你知道這隻大海怪是誰嗎？

這隻大海怪就是我們之前提過好幾次的大鯊魚。因為他殘暴冷血又貪得無厭，所以大家也叫他「魚群跟漁民眼中的阿提拉[5]。」

皮諾丘看到這隻海怪時心裡非常害怕。他想避開鯊魚，游往別的方向，但那隻海怪的大嘴卻跟弓箭一樣快速地朝他靠近。

「我的天啊，皮諾丘，快點啊！」美麗的山羊叫喚他。

皮諾丘用盡雙手、胸膛、雙腿跟腳掌的力量拚命往前游。

「快點啊，皮諾丘，海怪離你越來越近了！」

皮諾丘卯足全力游得更快了。

「小心點，皮諾丘！海怪快要追上你了！就在那邊，就在那邊！老天啊，快點，不然你就沒命啦！」

皮諾丘用這輩子最快的速度往前游，游啊游啊游，速度快得跟子彈一樣。他已經很靠近那顆岩石了，山羊也把身體探出去，朝他伸出前腳要拉他上去！可是……

太遲了，海怪抓住他，深吸一口氣，就像生吞雞蛋一樣把可憐的小木偶吞下肚。因為海怪吞食的力道又大又猛，皮諾丘在鯊魚的身體裡衝來撞去，十五分鐘以後依然頭暈目眩。

從衝擊中慢慢回復以後，他完全不知道自己人在哪裡。四周一片漆黑，這裡的黑暗又深又濃，感覺就像在倉卒之間掉進一罐滿滿的墨水瓶裡一樣。

他豎起耳朵，但是什麼也沒聽見。一陣又一陣的強風颳過他的臉頰。一開始，他不知道這些風是從哪裡吹過來的，但皮諾丘後來發現是從海怪的肺部吹出來。你要知道，鯊魚有嚴重的氣喘，呼吸的時候，就像颳起一陣陣的北風。

起先，皮諾丘還想裝勇敢，可是在百分之百確定自己被困在海怪的肚子裡以後，他開始大哭，流著眼淚大叫：「救命啊！救命啊！我好可憐喔！有沒有人能來救我啊？」

「可憐蟲，你覺得還有誰會來救你啊？」黑暗中，一個嘶啞、老邁，聽起來像一把走音吉他的聲音說。

「說話的人是誰？」皮諾丘嚇得動也不敢動。

「是我！我是一隻可憐的鮪魚，跟你一起被鯊魚吞下肚。你呢？你又是哪種魚？」

「我不是魚，我是一個木偶。」

「既然你不是魚，怎麼會讓自己被海怪吞下肚呢？」

「我不是自願的，是他忽然游過來把我吞掉！現在這裡黑漆漆的，我們該怎麼辦呢？」

「只能接受命運，等到鯊魚把我們都消化掉了！」

「但是我不想被消化掉啊！」皮諾丘大喊，又開始流淚。

「我也不想，」鮪魚回答：「但我比較豁達，這樣想會讓我比較好過。身為一隻鮪魚，死在水裡總比死在油鍋裡好！」

「胡說八道！」皮諾丘大叫。

「那是我的想法，」鮪魚回答：「就像鮪魚政客說的一樣，所有的想法都應當受到尊重！」

「不管怎麼樣，我都想離開這裡。我想逃出去。」

「如果可以的話，你就逃逃看啊！」

「把我們吞掉的這隻鯊魚很大嗎？」小木偶問。

「想像一下，他有一公里長，而且還不包括尾巴在內。」

在黑暗中討論這件事情的時候，皮諾丘隱約注意到遠方有微弱的光線。

「遠方的那個亮光不知道是什麼東西？」皮諾丘大聲說。

「一定是跟我們一樣不幸的人，只能等著被鯊魚消化掉。」

「我想過去看看，說不定是一隻上了年紀的魚，能夠告訴我們怎麼離開這裡。」

「我希望你說得沒錯，親愛的小木偶。」

「再見了，鮪魚。」

「再見了，小木偶，祝你好運。」

「我們未來會在哪裡再見呢？」

「誰知道，還是別去妄想這種事情吧！」

4　天主教著名的聖人，在世時以善於講經聞名。天主教徒要尋人或是找東西時，常會呼喚他以祈求協助。

5　西元五世紀時的匈奴皇帝，曾率大軍入侵義大利，西方人認為他是殘暴與掠奪的象徵。

35

和鮪魚道別以後，皮諾丘開始在鯊魚肚子裡走動，左腳右腳左腳右腳，一步又一步朝著遠方微微的亮光前進。

走路的時候，他感覺到自己的腳陷進了油膩滑溜的水坑中，聞起來很像大齋節期[6]裡會聞到的炸魚味。

越往前，燈火越明亮。他走啊走，終於抵達。你猜他在那裡發現了什麼？他發現一張小餐桌，餐桌上有一個綠色的酒瓶，酒瓶裡插了一根燃燒的蠟燭，桌子旁邊坐著一個矮小的老人。老人皮膚蒼白，就像是用白雪或鮮奶油做成的人一樣。這個老人正心不在焉地大口大口吃著一些活生生的小魚。這些小魚活蹦亂跳，偶爾還會從他的嘴裡跳出來。

看到眼前的老人，可憐的皮諾丘滿心訝異，開心得都快神智不清了。他想笑又想哭，他有好多好多事情想說，卻迷迷糊糊地開始抽抽搭搭哭起來，結結巴巴地說了些斷斷續續、前後不連貫的話。最後，他終於大聲歡呼，張開雙手，用力抱住老人的脖子，開始大叫：「噢，我親愛的爸爸！我終於找到你了！從今以

後，我絕對再也不離開你了！」

「這麼說來，我的眼睛真的沒有看錯嘍？」老人揉揉眼睛。「你真的是我親愛的皮諾丘？」

「沒錯，沒錯，是我，真的是我！而且你已經原諒我了，對不對？噢，親愛的爸爸，你對我最好了，相較之下，我卻……噢！但我也吃了好多苦，受過好多罪。事實上，可憐的爸爸，你把外套賣掉，為我買了拼字課本讓我上學的那天，我逃學，跑去看木偶秀。團長本來想把我丟進火堆裡，用來把羊肉烤熟，但最後，他給了我五枚金幣，叫我拿回來給你。可是我在路上遇到狐狸跟貓，他們帶我去紅龍蝦旅店，兩人在裡面跟野狼一樣大吃大喝。後來我自己離開，遇到兩個殺人犯開始追我。我一直跑，他們一直追。我繼續跑，他們也繼續追。後來他們把我吊在一棵大橡樹上，美麗的藍髮女孩派了一輛小馬車來接我。醫生們看過我之後說：『如果他沒死，那就表示他還活著。』後來我說了一個謊，鼻子開始變長，連門都過不了，這就是為什麼我會跟著狐狸和貓去埋四枚金幣，其中一枚我在旅店花掉了。接著鸚鵡開始笑。我以為我會找到兩千枚金幣，結果一枚也沒有。法官聽到我被搶了以後，送我去坐牢，好表揚那些小偷。離開的時候，我看見田裡有一串漂亮的葡萄，摘下來吃，卻被陷阱夾住。而那個誰知道他有沒有權利這麼做的農夫給我戴了一個狗項圈，叫我幫他顧雞舍，後來發現我是無辜的以後就放我走。然後有一隻尾巴會冒煙的大蛇開始笑，心臟裡的血管因此炸掉，我就這樣回到了藍

髮女孩的家，但她死了。鴿子看見我在哭泣便說：『我看到你爸爸正在做一艘船要去找你。』

「我說：『唉，要是我也有翅膀就好了！』他回答：『你想去找你爸爸嗎？』我說：『想啊，可是誰能帶我去？』他說：『我帶你去。』我說：『怎麼去？』他回答：『爬到我的背上吧。』

「我們飛了一整晚。清晨，一群漁夫望著大海對我說：『小船裡有個可憐的傢伙快要淹死了。』雖然距離很遠，但我立刻發現是你，因為我的心跟我說那是你。於是我對你揮手，要你回到岸邊……」

「我也認出你了，」傑佩托說：「我也很想回到岸邊，可是我能怎麼辦？海水洶湧，一波大浪打翻了我的船，可怕的鯊魚看到我，快速朝我游了過來，用舌頭抓住我，像吞義大利水餃一樣把我吞下肚。」

「你被困在這裡多久了？」皮諾丘問。

「從那天到現在，一定有兩年了吧。兩年了，我親愛的皮諾丘，感覺就像兩百年那麼久！」

「你是怎麼活下來的？你是從哪裡找到蠟燭，火柴又是誰給你的？」

「我把整件事情跟你說吧。要知道，把我的小船弄翻的那場暴風雨也弄沉了一艘商船，水手都被救上岸，但船沉到了海底。這隻鯊魚胃口很好，吞下我以後，也把那艘商船吞掉了。」

「什麼？整艘吞掉嗎？」皮諾丘吃驚地問。

「一口就吞掉了。他只有把跟魚骨頭一樣卡在牙縫裡的主桅吐出去而已。我很幸運，那艘船裡不但有很多肉罐頭，還有在船上當作麵包吃的壓縮餅乾[7]、紅酒、葡萄乾、起司、咖啡、糖、蠟燭和火柴。多虧這些天上掉下來的禮物，我才能度過這兩年。但現在只剩下餅乾屑了，儲藏室內已經空無一物，你看到的那根蠟燭也是最後一根了。」

「用完以後呢？」

「孩子，用完以後，我們就沒有燈火，只剩下黑暗了。」

「既然這樣的話，親愛的爸爸，」皮諾丘說：「我們沒有時間可以浪費了，我們一定要趕快想想怎麼逃出這裡。」

「逃？怎麼逃？」

「我們從鯊魚的嘴巴逃出去，游泳渡海。」

「這計畫聽起來很棒，親愛的皮諾丘，問題是我不會游泳啊。」

「沒關係，你可以爬到我背上，我可是游泳健將，我可以平安無事地把你載回岸上。」

「你在作夢吧，孩子！」傑佩托搖搖頭，露出哀傷的微笑。「你不過是一個不到一公尺高的小木偶而已，你真的覺得自己強壯到可以背著我游泳嗎？」

「試試看就知道了！不管怎麼樣，就算我們注定要死，至少是死在彼此的的懷抱中。」

皮諾丘沒再多說一句話，拿起蠟燭照亮前方的路，對爸爸說：「跟著我走，不要害怕。」

他們從鯊魚肚子的一頭跋涉到另外一頭。走到海怪寬敞的喉嚨底部時，覺得最好先停下腳步，四處看看，等待逃跑的好時機。

因為鯊魚很老了，有氣喘和心悸等疾病，睡覺的時候嘴巴總是張得開開的。因此，當皮諾丘站在鯊魚喉嚨的邊緣往上看，透過那張超級大嘴，看見了一方湛藍的星空和美麗的月光。

「現在正是逃跑的好時機，」皮諾丘轉頭對爸爸小聲說。「鯊魚睡得很沉，像一塊木頭，大海風平浪靜，外面月光明亮。來吧，爸爸，跟著我，我們很快就會得救了。」

他們一刻也沒浪費，爬上海怪的喉嚨，抵達龐然大嘴後，開始踮著腳尖走過他的舌頭。這條舌頭就像花園裡的小徑一樣又寬又長。正準備縱身一跳，躍入海中時，鯊魚恰巧想打噴嚏。這個噴嚏的吸力很大，皮諾丘跟傑佩托又被吸回海怪肚子的最底部。

落地的時候，蠟燭的火熄了，這對父子就這樣身陷黑暗中。

「現在要怎麼辦？」皮諾丘嚴肅地說。

「孩子啊，我們完蛋啦。」

「怎麼會？牽住我的手，爸爸，小心別滑倒！」

「你要帶我去哪裡？」

「我們得再試一次，跟我走吧，別怕。」

就這樣，皮諾丘牽著爸爸的手，又一次悄悄地攀爬海怪的喉

囉。爬上去以後,他們走過海怪的舌頭,攀過三排牙齒,準備賣力一跳之前,小木偶對爸爸說:「爬到我背上,盡可能抓緊,剩下的就交給我吧。」

傑佩托一抓緊兒子的背,皮諾丘便跳進海中,信心滿滿地開始游泳。海面平靜,月光閃閃發亮,鯊魚還在睡覺,睡得很沉,就算大炮也吵醒不了他。

6　在基督教及天主教中,從復活節日往前推四十天(復活節不算在內)的星期三稱之為「聖灰禮拜三」,這四十天即為「大齋節期」,信徒必須限制自己的飲食、作息,必須靈修。這段期間,每逢星期五,餐館常常會提供炸魚特餐。

7　類似市面上買得到的營養口糧,因為其乾燥特性而得以長久保存。

36

在皮諾丘平穩地朝著海灘游過去的時候，他發現雙手抓住他的背、雙腳泡在水裡的爸爸不停地發抖，就像個得了瘧疾的可憐老人。

發抖是因為冷，還是因為害怕呢？誰知道？說不定都有關係。可是皮諾丘認為爸爸是因為害怕才發抖，便試著安撫他：「別擔心，爸爸！再幾分鐘我們就會安全上岸了。」

「可是海岸在哪裡？」矮小的老人問。他越來越擔心，像正在穿針線的裁縫師一樣瞇著眼睛。「我四面八方都看了，除了天空跟大海以外什麼也沒看見。」

「我看得見海岸，」小木偶說。「跟你說，我跟貓一樣，晚上的視力比白天還好。」

其實可憐的皮諾丘只是勉強裝出高興的樣子而已。事實上，他的心裡很慌張，已經沒有力氣，快游不動了。他再也撐不下去，而海岸卻仍在遠方。

他游到用盡最後一絲力氣，然後轉頭，結結巴巴地對著傑佩

托說：「噢爸爸，幫幫我，我快死了！」

就在這對父子快要淹死的時候，他們聽見了一個像是走音吉他的聲音：「誰快死了？」

「是我，還有我可憐的爸爸！」

「我認得你的聲音！你是皮諾丘！」

「沒錯。你是誰？」

「我是鮪魚，我們在鯊魚的肚子裡見過。」

「你怎麼逃出來的？」

「學你啊。你讓我知道如何逃跑，於是我就跟著逃出來了。」

「親愛的鮪魚，你剛好在最危急的時候出現！求求你，就像你愛小鮪魚那樣，請救救我們吧，不然我們就要沒命了。」

「當然沒問題。你們兩個人都抓住我的尾巴，我來拉你們。幾分鐘就會到海邊了。」

傑佩托跟皮諾丘立刻答應。只不過他們不是抓尾巴，而是選擇比較舒服的方式，爬到了他的背上。

「會太重嗎？」皮諾丘問。

「重？一點也不會。只是感覺像背上黏了兩個海螺而已。」跟年輕的公牛一樣巨大又強壯的鮪魚回答。

抵達岸邊以後，皮諾丘先跳了下去，再扶爸爸下來。接著轉身感激地對鮪魚說：「我的朋友，你救了我爸爸，千言萬語也表達不了我對你的感謝！至少讓我親你一下，表達我對你永恆的謝

意。」

鮪魚把嘴抬出水面，皮諾丘跪下，誠摯地親了他。可憐的鮪魚不習慣這種發自內心的真情流露，大為感動，哭得像個小寶寶一樣。因為他很害羞，不想被看見，便把頭埋進水裡消失了。

此時，天也亮了。

皮諾丘對累到幾乎沒辦法站立的傑佩托伸出手，說：「靠在我身上吧，親愛的爸爸，我們出發吧，我們像螞蟻一樣慢慢地走。如果累了，就在路邊休息一下。」

「我們要去哪裡？」傑佩托問。

「先找看看有沒有小屋，或許屋內的好心人會給我們一點麵包吃，給我們一點稻草鋪著睡覺。」

走不到一百步，他們就看到兩個髒兮兮的乞丐坐在路邊乞討。

那兩個乞丐正是貓跟狐狸，但長相變了很多，幾乎認不出來。那隻長久以來都假裝自己眼盲的貓如今真的瞎了，而狐狸則變得又老又病，一身癩皮，半身不遂，連尾巴都不見了。事情是這樣的，這個邪惡的小偷在度過了一段非常艱難的時期後，發現自己實在沒有其他選擇，只好把漂亮的尾巴賣給商人，用來打蒼蠅。

「噢，皮諾丘，」狐狸發出大聲的哀號：「可憐可憐我們這兩個貧窮的廢人吧。」

「廢人！」貓又說了一遍。

「你們這兩個騙子！」小木偶說。「你們騙過我一次，我再也不會相信你們了！」

「我們沒騙你，皮諾丘，我們現在真的是又窮又可憐啊！」

「又窮又可憐！」貓又說了一遍。

「如果你們很窮的話，那是你們活該。你們記住，有一句諺語叫做：偷來的錢結不了果實。永別了，兩位騙子！」

「可憐可憐我們吧！」

「可憐我們吧！」

「再見，兩位騙子！你們記好，有一句諺語叫做：惡有惡報，不是不報，時機未到。」

「別丟下我們！」

「別丟下我們！」貓又說了一遍。

「再見，兩位騙子。你們記好，有一句諺語叫做：若偷鄰居的大衣，死了會連襯衫都沒得穿。」

說完以後，皮諾丘和傑佩托繼續往前走，又走了一百步左右，道路盡頭的田野中，出現了一間漂亮的草屋，屋頂是用硬陶土蓋的。

「那間小屋一定有住人，」皮諾丘說。「我們過去敲門吧。」

他們走過去敲了門。

「誰啊？」裡面傳出一個小小的聲音。

「我們是一對貧窮的父子，沒有東西可以吃，沒有地方可以

住。」小木偶回答。

「轉動鑰匙，門就會開了。」小小的聲音說。

皮諾丘轉動鑰匙，門打開。進去以後，他們四處看，卻沒看到任何人。

「哈囉？請問屋主在哪裡？」皮諾丘訝異地問。

「我在上面。」

父子倆抬頭望向天花板，看見站在梁柱上的說話蟋蟀。

「噢，親愛的小蟋蟀！」皮諾丘友善地說。

「現在就會叫我『親愛的小蟋蟀』是吧？還記得你用木槌丟我，想把我趕出你家的那件事情嗎？」

「你說得沒錯，親愛的蟋蟀！你現在可以趕我出去，甚至用木槌丟我也沒關係，但請可憐可憐我爸爸。」

「我不只同情父親，也同情他的兒子。我只是想要提醒你曾經對我多殘忍，讓你知道在這個世界上，只要有機會，我們都應該仁慈地對待別人，當有需要的時候，別人才會同樣仁慈地對待我們。」

「你說得沒錯，親愛的蟋蟀，一點也沒錯，我永遠都不會忘記你跟我說的這些話。可是請告訴我，你怎麼會有錢買得起這間漂亮的小屋呢？」

「不是買的，是別人送的，一隻有著天空藍毛色的美麗山羊昨天送給我的。」

「那隻羊往哪裡走了？」皮諾丘非常好奇地問。

「我不知道。」

「她什麼時候會再回來？」

「不會回來了。昨天離開的時候，她很難過地咩了幾聲，好像在說：『可憐的皮諾丘，我再也見不到他了！鯊魚一定把他吞掉了！』」

「她真的有這樣說嗎？那就一定是她，一定是她，是我親愛的仙女！」皮諾丘大叫，同時止不住地抽抽噎噎地哭。

哭了好一陣子以後，他擦乾眼淚，幫老邁的傑佩托準備了一床柔軟的稻草讓他睡覺。接著問說話蟋蟀：「請告訴我，親愛的蟋蟀，我該去哪裡找一杯牛奶給可憐的爸爸喝？」

「在三塊田地以外，住著一個叫做江吉歐的男人。他有一座小農場，養了些乳牛，那裡有牛奶。」

皮諾丘跑到農夫江吉歐家。農夫說：「你想要多少牛奶？」

「滿滿一杯。」

「一杯牛奶一分錢，要先付錢。」

「我一毛錢都沒有。」皮諾丘尷尬又沮喪地說。

「那就沒辦法了，小木偶，」農夫回答。「如果你連一毛錢都沒有，那我就連一滴牛奶也不會給你。」

「那算了！」皮諾丘轉身要走。

「等等，」江吉歐說。「我們可以商量一下，你願意幫我轉動轆轤嗎？」

「轆轤是什麼？」

「是一種木頭做的工具，可以從蓄水池裡打水上來，這樣我就可以幫蔬菜澆水。」

「我可以試試看。」

「好。你幫我打一百桶水，我就給你一杯牛奶。」

「好。」

江吉歐帶小木偶到花園，教他怎麼轉動轆轤。皮諾丘立刻上工。把第一百桶水打上來的時候，他渾身汗如雨下，這輩子從來沒有這麼賣力工作過。

「以前啊，」農夫說：「都是我家的驢子幫我做這些事，可是他快死了。」

「可以帶我去看看他嗎？」皮諾丘問。

「好啊。」

一走進馬房，皮諾丘就看見一隻驢子趴在稻草上，因為飢餓與過度勞動而疲憊不堪。在仔細地盯著他看了一會兒後，皮諾丘不安地說：「我認得這隻驢子，我以前看過這張臉。」

皮諾丘彎下腰，用驢子話問趴在地上的驢子說：「你是誰？」

聽見這個問題，那隻驢子張開垂死的雙眼，用同樣的話回答他：「我……是……小……燈……芯。」

然後就閉上雙眼死了。

「噢，可憐的小燈芯！」皮諾丘撿起一把稻草擦了擦滾落臉頰的淚水。

「你怎麼一毛錢都沒花，就難過成這樣？」農夫說。「花大錢買他的可是我耶。」

「因為他是我的朋友。」

「你朋友？」

「我的同學！」

「什麼？」江吉歐先是大叫，然後大笑。「什麼？你們班上有人是驢子？你們學校上的課肯定很有趣！」

這些話讓小木偶覺得很尷尬。他拿著那杯溫熱的牛奶走回蟋蟀家。

從那天開始，接下來的五個月之間，他每天早上都會在天亮以前起床，去轉動轆轤換一杯牛奶，讓可憐的爸爸補充體力。閒暇的時候，也學會了如何用蘆葦編籃子。他小心保存賣掉籃子賺回來的錢，好支付每一天的開銷。最了不起的，是他自己做了一個漂亮的輪椅，在天氣晴朗的時候推爸爸出去散步，呼吸新鮮空氣。

晚上，他會練習讀書寫字。他花了幾分錢，從附近的村莊買回一大本缺了封面跟索引頁的書練習閱讀。至於寫字，則是把一根樹枝削尖當作筆來練。由於缺乏墨水跟墨汁，他就用一個小瓶子裝覆盆子汁和櫻桃汁，再用樹枝沾著寫字。

因為他賣力工作，努力賺錢，不只讓爸爸過得很舒適，還存了四十塊錢，打算為自己買套新衣服。

一天早上，他對父親說：「我要去附近的市場為自己買件夾

克、帽子和一雙鞋。等回到家，」他笑著繼續說：「我會一身光鮮亮麗，讓你誤以為我是有錢的紳士。」

皮諾丘開心地往市場跑。忽然間，聽見有人叫他的名字。轉頭發現一隻漂亮的蝸牛從樹叢裡往外望。

「你不認得我了嗎？」蝸牛問。

「妳看起來很面熟。」

「你忘了陪著藍髮仙女的蝸牛了嗎？你不記得那天晚上，我頂著燈到樓下幫你照明，發現你的腳卡在門板上？」

「我記起來了，」皮諾丘大叫。「漂亮的蝸牛，請回答我：妳最後一次看到好心的仙女是什麼時候？她現在過得好嗎？她原諒我了嗎？她還記得我嗎？她還愛我嗎？她住在很遠的地方嗎？我可以去見她嗎？」

那些一股腦兒脫口而出的問題問得又急又快，而蝸牛則用她一貫的冷淡語氣回答：「親愛的皮諾丘！可憐的仙女現在躺在救濟院的床上！」

「救濟院？」

「是啊，很可憐。在經歷了一千種苦難以後，她病得很嚴重，連買麵包吃的錢都沒有。」

「真的嗎？天啊！我聽了好難過！噢，可憐的仙女！可憐的仙女！如果我有一百萬，一定全部送給她，但我只有四十塊錢。就在這裡，我本來打算買一套新衣服。拿去吧，蝸牛，立刻幫我把這些錢送去給好心的仙女。」

「那你的新衣服怎麼辦？」

「新衣服算什麼？如果可以幫上忙，叫我把身上這些破衣服賣掉我都樂意！去吧，蝸牛，快！兩天以內回來這裡，希望我到時候能有多一點錢給妳。到目前為止，我工作都是為了照顧我爸爸。從今以後，我每天會再花更多的時間工作，好一併照顧我母親。再見了，蝸牛，兩天後見。」

跟平常不同，蝸牛忽然跑得很快，就像躲避八月烈日的蜥蜴一樣。

皮諾丘回到家以後，爸爸問他：「怎麼沒穿新衣服？」

「我找不到合身的。算了，改天再去買。」

皮諾丘平常都工作到晚上十點，那天卻工作到大半夜。平常他都編八個籃子，那天卻編了十六個。

忙完以後，終於上床睡覺。睡夢中，他彷彿看見了仙女。漂亮的仙女臉上帶著微笑，親了他一下說：「太棒了，皮諾丘！因為你心地善良，我原諒你過往所做的每一件壞事。就算小孩子不夠乖，行為舉止不夠得體，如果認真照顧貧窮或生病的父母，還是會獲得讚美跟許許多多的愛。以後也要繼續當個乖孩子，就會天天都很快樂。」

夢境到這裡結束，皮諾丘也睜開眼睛醒了。

他發現自己不再是個木偶，而是一個真正的小男孩。親愛的讀者，你們想像得到，他有多驚訝嗎？他往四周看了看，發現看到的不是稻草牆，而是漂亮的小房間，房裡的布置和擺設簡單而

高雅。跳下床後，他發現眼前有一套要送給他的新衣服，還有一頂新帽子和皮靴，讓他看起來就像圖畫裡的人物一樣好看。

衣服穿好以後，他下意識把手伸進口袋，摸到了象牙色的小錢包，上面寫了一些字：藍髮仙女把親愛的皮諾丘送給她的四十塊錢還回來，並且十分感謝他的關心。一打開錢包，他發現裡面不是四十塊，而是四十枚閃閃發亮的金幣。

他趕緊去照鏡子，以為鏡子裡的是別人。他看到的不再是平常那個木偶，而是一個精力充沛、聰明英俊，有著一頭褐髮、一雙藍眼睛的男孩。他的臉上帶著快樂的表情，如果你看到的話，一定會以為他是因為要過生日了才這麼開心。

驚奇的事情接二連三，皮諾丘再也不知道自己現在到底是醒著，還是張開眼睛在作夢。

「爸爸呢？他在哪裡？」皮諾丘忽然大叫。他衝進隔壁房間，找到了老邁的傑佩托。傑佩托變得跟以前一樣健康、活力充沛、精神奕奕。傑佩托又開始雕刻，正在設計一個美麗的相框。相框上有許許多多的花朵、樹葉，以及各種動物。

「親愛的爸爸，我很好奇，你要怎麼去解釋所有這些忽然發生的改變呢？」皮諾丘抱住爸爸親吻。

「就是因為你，我們家才會變得這麼漂亮。」傑佩托說。

「因為我？」

「沒錯，因為當壞孩子變成了乖孩子，他們的家就會煥然一新，而且大家都會變得更快樂。」

「以前的木偶皮諾丘跑去哪裡了呢？」

「在那裡，」傑佩托指著靠在椅子上的那個木偶回答。木偶的頭倒向一邊，雙手垂放在兩側，雙腳交叉，膝蓋彎曲。要讓他再一次站得筆直，似乎得發生奇蹟才有辦法。

皮諾丘轉身看那具木偶。盯了一會兒以後，心滿意足地自言自語：「還是木偶的我長得實在很好笑。現在的我已經是個真正的小男孩了，我好快樂！」

愛經典005

木偶奇遇記【珍藏獨家夜光版】
LE AVVENTURE DI PINOCCHIO

作者	卡洛·柯洛迪 Carlo Collodi
繪圖	孔蘇菲 Sophie le Comte
譯者	朱浩一

出版者	愛米粒出版有限公司
地址	台北市10445中山北路二段26巷2號2樓
編輯部專線	(02)25622159
傳真	(02)25818761

【如果您對本書或本出版公司有任何意見，歡迎來電】

總編輯	莊靜君
內頁設計	王志峯
印刷	上好印刷股份有限公司
電話	(04)23150280
初版	二〇一六年（民105）十一月十日
二版一刷	二〇一八年（民107）六月十日
定價	249元
總經銷	知己圖書股份有限公司　郵政劃撥：15060393
	（台北公司）台北市106辛亥路一段30號9樓
	電話：(02)23672044／23672047　傳真：(02)23635741
	（台中公司）台中市407工業30路1號
	電話：(04)23595819　傳真：(04)23595493
法律顧問	陳思成
國際書碼	978-986-96331-2-3　　CIP：877.59 / 107006967

愛米粒出版有限公司
Emily Publishing Company, Ltd.

因為閱讀，我們放膽作夢，恣意飛翔—
在看書成了非必要奢侈品，文學小說式微的年代，愛米粒堅持出版好看的故事，讓世界多一點想像力，多一點希望。

愛米粒出版
Emily

| 廣　告　回　信 |
| 台 北 郵 局 登 記 證 |
| 台北廣字第０４４７４號 |

平　　信

To：**愛米粒出版有限公司　收**

地址：台北市10445中山區中山北路二段26巷2號2樓

當 讀 者 碰 上 愛 米 粒

姓名：_____　□男 / □女：_____ 歲

職業 / 學校名稱：_____

地址：_____

E-Mail：_____

●書名：木偶奇遇記【珍藏獨家夜光版】

●這本書是在哪裡買的？

a.實體書店 b.網路書店 c.量販店 d._____

●是如何知道或發現這本書的？

a.實體書店 b.網路書店 c.愛米粒臉書 d.朋友推薦 e._____

●為什麼會被這本書給吸引？

a.書名 b.作者 c.主題 d.封面設計 e.文案 f.書評 g._____

●對這本書有什麼感想？有什麼話要給作者或是給愛米粒？

※ 只要填寫基本資料，就有機會獲得愛米粒讀者專屬綁書帶或是
　《小熊學校》童書繪本相關商品喔！

填好回函卡內容以及正確基本資料後，請將回函卡寄回，
也可以拍照以私訊上傳到愛米粒臉書
或寄到愛米粒信箱 emilypublishingtw@gmail.com
或掃描QRcode填寫線上回函卡。
即可獲得晨星網路書店50元購書優惠券。
購書優惠券將mail至您的電子信箱（未填寫完整者恕無法贈送。）
並有機會得到精美小禮物喔！

得獎名單會於愛米粒臉書公布，敬請密切注意！
愛米粒Emily: https://www.facebook.com/emilypublishing

愛米粒出版有限公司
Emily Publishing Company, Ltd.

※ 請沿虛線剪下，對摺裝訂寄回，謝謝！